雷神帖

エッセー集成 2

池澤 夏樹

みすず書房

雷神帖

エッセー集成2

目次

I

これくらい重い内容は本にするしかない

「本とコンピュータ」1999・夏

パーソナル・コンピュータが広く使われ、特にインターネットが普及するにつれて、いずれ本というものはなくなるのではないかという議論が行われるようになった。最初のうちはあれかこれか、イエスかノーか、二つに一つの武断的な論調が目立ったが、このテーマが練れてくるにつれて、この分野は残り、この分野は形を変えるというような綿密な論じかたが目立つようになってきた。めでたいことである。

実際、自分が持っている本の量にうんざりして、これがCD－ROMなど軽くて場所を取らないものだったら、あるいはすべて瞬時にオンラインで取り寄せられる形でどこかに収納されていたら、という誘惑を感じることは少なくない。しかし、全体として量で見ているからそうなるのであって、一冊ずつを具体的に見るならば、少なくともぼくの場合は、本のままで結構と思うものが多いのだ。愛着とか、ノスタルジアとか、あるいは本に対するフェティシズムなどという言葉で説明できる部分もないではない。だが、そういう軽い議論を排してもう少し綿密に考えてみるならば、要するに本の形にまとめるしかない種類と量と構成の知恵が世の中に存在するということになる。

ここでは一応、数百ページの分量の一続きの文章を紙に印刷してバインドしたものをもって本と呼ぶことにする。辞書、年鑑、マニュアル、論文（学会誌の抜き刷りのようなもの）、地図、もう少し譲って画集・写真集・図録や、詩や短篇のアンソロジーなどまではオンラインでそのまま見たり、ダウンロードしてプリントしたりして「読む」のに抵抗はない。

しかし、一人の人間が相当の時間と知的努力を投入してまとめた、長大で奥行きのある重層的なテクストは、やはりきちんと製本してないと困るのだ。形式には違いないが、それはノスタルジアやフェティシズムではなく、長篇小説を読むという行為のためには本という形がもっとも扱いやすいからである。プリントアウトのステープラー綴じや樹脂糊の簡易製本は結局のところ、きちんとした製本をなぞっているに過ぎない。

話を具体的にしよう。アメリカの作家トニ・モリソンに『パラダイス』という長篇小説がある（邦訳は大社淑子訳、早川書房刊。残念ながらあまりいい訳ではない）。タイトルのとおり、楽園を作ろうとした人々の物語である。

楽園作りは二段階に分かれていた。十九世紀の末、白人の迫害を逃れて故郷を棄てた一群の黒人が、放浪の果てにヘイヴンという町を作った。そして、二十世紀の半ば、この町が不況で立ち行かなくなった時、黒人たち十五家族が再びここを逃れて旅立ち、オクラホマ州北部にルービという小さな町を作った。いちばん近い隣町から九十マイル、つまり車で約二時間。独立性が高く、ほとんど孤立していると言ってもいいような町。ヘイヴンでもルービでも、新しい町を作る時には、住民はそこがパラダイスになるようにという思いを込めた。

実は、パラダイスはもう一つある。このルービの町から十五マイルのところに大きな建物がある。最初は道楽者が建てた広壮な邸宅。それが後に修道院に転用され、少女たちを集めた寄宿学校ないし厚生施設になり、それもさびれて今はさまざまな人種の数人の女が勝手に暮らす緩やかなコミューンになっている。ここで作られる農作物と食品は味のよさで広く知られており、顧客は少なくない。つまりここは経済的に自立している。

この二つの共同体に共通するのは自律という原理である。ルービはあまりに小さくあまりに遠いので、州や国の援助はほとんどない。警察も消防も自前。それ以上に、町を運営する基本方針が自前という点が重要である。隣町から分かれたのであれば、その歴史的伝統は受け継がれる。だいたい父祖と同じようにやっていればまちがいはないということになる。

しかし、ここはもともとの住処を逃れた人々が荒野の真中にいきなり作った町だ。もとのヘイヴンの記憶はまだ残っているけれど、自分たちはそれを一度切り捨てたところから出発したという意識も強い。町の運営に関して、住民の生活を律する倫理に関して、手本となるものは外部にはない。

すべて自分たちで考えて決め、事例を積み上げ、いわば伝統を作っていかなければならない。

　一方、女たちのコミューンの方も同じように孤立している。ここに集まってきたのはみな過去に何か大きな傷を負った女であり、過去を棄ててきた女である。アメリカのあちこちから吹き寄せられたような女たちは、ここで気楽に安全に暮らそうとしている。出たり入ったりを繰り返す者もいるが、それは本人の勝手。コミューンを作ろうという求心的な決意があるわけではないし、権力を持った指導者がいるわけでもない。コニーことコンソラータという女性がなんとなく中心にいるが、ことが起こった時にはみんなの議論と口論と独断で対策が決まる。ここにも外に頼るものはない。

　物語の構成はなかなか複雑で、話は二つの共同体の間を行ったり来たり、過去に遡ったり、修道院の女たち一人一人の人生をたどったり、また一九七六年現在に戻ったり、ジグソー・パズルの一片ずつをあちこちに気まぐれに置いてゆくように進行する。

　主要な登場人物は三十人ほどもいるだろうか。その関係がとくにルービの側では錯綜していて、ただ読んでいったのでは頭に入らない。こういうものを相手にする時、ぼくは系図を作りながら読むことにしているが、それも二、三度書きなおさないと整理できないほどだ。

　作者は難解な印象を与えるためにわざと複雑な構成にしたわけではないだろう。仮にあなたがこの町に引っ越したとして、ここの透明な住民になったとして、人間関係がわかるにはしばらく時間がかかる。あちらこちらで見知った顔が増えて、そのうちに彼ら同士の関係がわかってくる。あの店のあのおばさんはこっちのあの水道屋の妹なんだというような知識をたくさんためこんでようやく全体像が描けるし、力関係もわかってくる。それと同じようにこの話は、神の視点ではなく、地上の人間の視点から記述されるから、一見わかりにくくなるし、系図を書くことも必要になる。抽象を排してあくまでも具体的に話が進む。

これに似たような話はアメリカ文学には多い。最初に誰もが思い浮かべるのはフォークナーだろう。あのヨクナパトーファという郡の成り立ちと成長、そこに住む人々の生活を何代にも亘って書きつづけた壮大な物語。マルカム・カウリーが『ポータブル・フォークナー』という一冊で、作家のいくつもの作品を切ったり貼ったりして編年的に構成しなおして見せたのは、何もなかったところに人が来て住みつき、村ができ町ができてゆくという一つの大きな物語であった。コミュニティーが育つ過程で住民は何度となく倫理的な難問を突きつけられる。

もっと身近にならば、西部劇がある。荒野の真中に志を同じくする人々(文字通り「同志」)が集まって町を作る。一本の道の左右に店があり、酒場があり、町はずれに教会があって、その先に墓地がある。みんな自分たちで造ったのだ。『荒野の決闘』に、土台だけができた教会の敷地に町民が集まって踊る場面がある。ヘンリー・フォンダとリンダ・ダーネルがスクエア・ダンスをするあの場面。

なぜ、西部劇では保安官が主役になるのか。この職業が倫理の中心だからである。人が集まって暮らせばいさかいが起こる。誰かが何らかの基準に照らし合わせて判断を示し、それを関係者に強制しなければならない。大牧場主が小農民をいじめたら、保安官は農民の側に立たなければならない（牧師がその任にあたるということも考えられるが、聖書よりも銃の方が強いのが西部だった）。現実には町の顔役たちが合議でことを決め、それを保安官が実行したのだろうし、その伝統は二十世紀半ばになっても、例えばダシル・ハメットの『血の収穫』のようなハードボイルドの小説にも見るように、しっかりと残っている。トニ・モリソンが作ったルービという町には充分な現実性がある。

これがアメリカ合衆国という国の縮図である。アメリカは外に権威を求めない。アメリカはすべて自分たちで決める。アメリカは武力を信用する。

国力がまだ弱かったころ、アメリカはモンロー主義に拠って老いた国々の干渉を排した。強くなるにつれて他国に干渉するようになり、自分たちの倫理観を武力によって強制するようになった。

その時にわれわれ古い社会の者の目に奇異に映るのは、アメリカ人が自分たちの判断をあまりに無邪気に信じて、寸毫も疑うことなく実行に移すという点である。長い歴史を持つ者は、人間の知恵の限界をよく知っている。歴史とは無数の失敗の記録であり、大きな行動は常に大きな失敗をもたらす。だから、長い歴史を持つ国は、政策としてあまりドラスティックなことはしない。いきなり禁酒法なんか作らない。

アメリカ人は歴史が短いから過去に失敗例を探すことができない。例の蓄積がないのだ。旧世界と縁を切ったところから国が始まった。だからアイディアが浮かぶと即実行に移す。外の者がことはそんなに簡単じゃないですよと言っても聞かない。老獪な面がまったくない。ともかく今もって西部劇の国なのだ。

今の話で言えば、コソボ空爆の失敗の理由の一つは武力への過信である。自分たちの優秀な武器をもってすれば、一兵卒も失うことなく他国の紛争を停止できるという思いあがり。そういう姿勢で半端な介入をするから事態はいよいよ紛糾する。たしかにユーゴでは一人のアメリカ兵も死んでいないが、その間に本国では何人もの高校生がクラスメートに撃ち殺された。

アメリカ社会が銃で過飽和の状態にあることについて、他の国の人々は批判的である。ぼくもアメリカ・ライフル協会のロビー活動はフェアでないと思うし、あまりに簡単に銃が買えることは問題だと思う。その一方、彼らの銃に対する姿勢がわかると思う時がないではない。アメリカ人は荒野の真中に一軒だけ家を建てて住むのが好きだ。そういう家で、夫が留守という時に誰かが来る。玄関をノックして、車が故障したので電話を貸してほしいと男が外で言っている。ドアを開けるか開けないか。一人で家にいる妻が手元に銃が欲しいと思うのはそういう状況であるだろう。実際には銃は護身のためにはあまり役に立たず、事故の危険の方が大きいのだが。

問題は荒野の真中に住んで、自律的に生きなければならないという彼らの基本姿勢である。ぼく自身もそういう姿勢に惹かれているから、よくわかる。

ルービは町作りから二十数年にして堕落する。健全に町を維持するに足る量の倫理を人々が供給できなくなったというのがわかりやすい説明だろうか。彼らは見境いを失い、修道院の女たちを皆殺しにするために乗りこむ。この衝撃的な場面から小説は始まっている。

ルービの家父長主義的な男たちのように内部的退廃の原因を外部に投射するのは現実の政治にもよくあることだ。無能な政治家ほど国外に敵を求める。日本もいい時にテポドンが飛んできてくれたものだ。


以上はトニ・モリソンの『パラダイス』という一冊の本がぼくに考えさせたことのほんの一部である。よく書かれた小説はもっとも高密度の、人間的な、具体から抽象までの幅広いスペクトルを持つ、叡智のパッケージである。この本についてならぼくはまだまだいくらでも、かぎりなく、読む人がうんざりするまで、考えを展開することができる。ぼくはこういう読書の記憶を何百冊分か持っている。それは、やはり、どうしても本という形でしか所有できないものであると、コンピューターに向かってこの文章を書きながら、考えている。

文字の呪術性を回復する

「本とコンピュータ」1999・秋

最近好きになって暇さえあれば開いて見ている書物の一つに『字統』というのがある（平凡社）。いわずと知れた白川静の漢字学の集大成。漢字の語源だけを記した名著である。さてここで「漢字の語源」と言ってしまっていいかどうか。実物には「字源辞典」とある。漢字の場合、字であるか語であるかはむずかしい問題で、ぼくの印象では語だったものが次第に字に近づいたけれども、まだすっかり字に成りきってはいない（その点がわかっていないから、アメリカのおバカさんが日中台韓四カ国の漢字を統一しようとユニコードのようなおろかなものを押しつける）。もともとが語だから、淵源に遡れば今通用しているのとはまるで違う意味が立ち現れる。それが衝撃的におもしろい。

先日、字を書く仕事が到来した。習字はまことにもって不得手で、こういう時は困惑する。普通、作家というものはうまい下手はともかく一応は見られる字を書くものだが、ぼくはそうではない。

郵便はがき

料金受取人払

本郷局承認

7032

差出有効期間
平成21年11月
1日まで

113-8790

505

東京都文京区
本郷5丁目32番21号

みすず書房営業部
行

通信欄

(ご意見・ご感想などお寄せください．小社ウェブサイトでご紹介させていただく場合がございます．あらかじめご了承ください．)

読者カード

・このカードを返送された方には，新刊を案内した「出版ダイジェスト」(年4回3月・6月・9月・12月刊）をご郵送さしあげます.

お求めいただいた書籍タイトル

ご購入書店は

・ご記入いただいた個人情報は，図書目録や新刊情報の送付など，正当な目的のためにのみ使用いたします.

(ふりがな) お名前　　　　　　　　様	〒
ご住所　　　　都・道・府・県　　　　市・区・郡	
電話　　　(　　　　　)	
Eメール	

・「みすず書房図書目録」最新版をご希望の方にお送りいたします.

(送付を希望する／希望しない)

★ご希望の方は上の「ご住所」欄も必ず記入してください.

・新刊・イベントなどをご案内する「みすず書房ニュースレター」(Eメール配信・月2回）をご希望の方にお送りいたします.

(配信を希望する／希望しない)

★ご希望の方は上の「Eメール」欄も必ず記入してください.

・よろしければご関心のジャンルをお知らせください.

(哲学・思想／宗教／心理／社会科学／社会ノンフィクション／教育／歴史／文学／芸術／自然科学／医学)

(ありがとうございました．みすず書房ウェブサイト http://www.msz.co.jp では刊行書の詳細な書誌とともに，新刊，近刊，復刊，イベントなどさまざまなご案内を掲載しています．ご注文・問い合わせにもぜひご利用ください.)

およそ字になっていない。理由は簡単で、原稿を手で書かないからだ。

作家ともなれば普通は日に数千字を書く。いかに下手でもこれを十年もやればそれなりに味のある字になる。手の筋肉を脳でコントロールして紙の上に意味のある形を残すという作業を数百万回かくりかえせば、それなりにスタイルができてくる。だが、時代は変わり、ワープロとパソコンがその機会を奪った。ぼくで言えば、一九八三年から原稿を手で書いていない。従って、字が書けない。体内にハードウェアもなければアプリケーションもない。

幸か不幸か、今回の注文で書くべき字はたった一つ「雲」であるという。では、なにはともあれ、辞典を見よう。この字の成り立ちを知ろう。それでことが解決するわけではないが、困った時はまず源に向かうというのがぼくの方針である。この時ばかりは趣味ではなく実益を求めて『字統』を開いた。

そして、またも衝撃的な成果を得た。「雲」は見るとおり「雨」と「云」からなる。漢字が複数の要素の組合せからなる例は多い、というか大半がそうであるのは誰でも知っているが、しかし一方、基本的な字ほどそれ自体で完結している（ここでいわゆる六書の内容に立ち入るのはやめておこう）。「日」や「手」や「馬」はそれ以上は分解できない。偏と旁《つくり》などに分けられない。

「雲」のような天象の基本要素がなぜ二つのパートに分かれるのか、考えてみれば奇妙なことだ。その理由が『字統』でわかった。すなわち、「雲」はもともとは「云」だけで空に浮かぶふわふわと白いもの、すなわち「くも」の意だったという。「云」が「うん」と読まれることは知っていた。「芸」を今は「藝」の略字として用いるがこの二つは本来はまったく別物で、だから「藝術院」が漢字の簡略化で「芸術院」になった時、「わしはウンジュツインカイインにはなりたくないよ」と拗ねた老人がいた。というわけで「云」は「うん」。それがそのまま「くも」であって、冠としての「雨」は付け足し。「云（い）う」とか「云（ここ）に」という使いかたは後に生じたもので原義とは何の関係もないのだ。

話はそれだけではない。「云」は何の形か。「雲気のたなびく下に竜が尾を巻いている姿が見える形」。そうだったのかと思わず手を打つ。「二」の部分が雲であって「ム」はそこに向かって昇ってゆく竜の尻尾なのか。頭のあたりはもう雲の中に入ってしまっていて見えない。実際、『字統』に引用されている『説文解字』の字形では尻尾がいかにも尻尾らしく見えるし、甲骨文となるともっと具象的。

そうとわかって当面のお習字の問題が解決するわけではないが、もうそんなことはどうでもいい。「云」という字が実に美しいものに思われる。これからはたれ込めた雲を見るたびに、そこに昇る竜の姿を想像しよう。

ついでだから「雨」を見る。「雨の降る形」とこれは一目瞭然。しかし、上の「一」が天で、「冂（けい）」が雲で、その中の点々が降り来る水滴だという。古い字体には上の「一」を欠くものがあるという。雨の時に雲は見えてもその上の天は見えないのだから、この方が合理的なような気がする。

『字統』がおもしろいのは、古代中国人の精神生活が具体的に見えるからだ。漢字は遡ればすべて実に具体的なものだった。後に意味がずれたり、まったく別の使われかたになったり、音だけを借用されたりして、全体としては抽象的になった。ぼくが先に語から字に変わってきたと書いたのはそういう意味だ。しかし、アルファベットなどと違って、漢字は今もって充分に語である。

漢字を遡ると、いつでも神様が見える。『字統』は全体としてそう教えている。漢字の起源に、神を畏れ、敬い、怒りを避けるべく祀る人の姿が見える。どの道を辿ってもそこに行き着いてしまうという感じ。

「向」なんてごく日常的な、顔が正対する先を示す言葉かと思っていたが、これは窓のところに祈りの文を入れた箱を置いた形なのだそうだ。この、「祝禱」を入れた箱としての「口（さい）」を手がかりに、白川先生は漢字の成り立ちの系統性を説明する。「『口（さい）』は神に祈るとき、盟誓を行うときの、祝詞や盟書を入れる器の形」である。これが木の枝に結ばれれば「告」となり（もともとは縦棒は口に届いていた）、竿の先に掲げると「史」となり、外で祭をするときは竿の先に吹き流しを付けたから、これは「事（祭）」となった。祭の報せを伝える者、他の地に赴いて祭祀を執行する者が「使」である。

あるいは「舎」。これは盟書を納めた「口（さい）」に上から針を突き刺して、その盟書の祈禱力を破る形。すなわち「捨てる」の意味で、「舎」が「捨」の原型であるという。「舎」の縦棒はその意味では下に突き抜けていなければならない。

「口（さい）」は「𠙵」というのが本当の形。漢字として今には伝わっていないがとても重要な文字で、つまり「口」を「くち」すなわち顔面の下の方にあってものを食い、言葉を発し、時に応じて異性を愛撫する部分とのみ考えると、「口」という形を含む多くの漢字の解釈を誤るということなのだ。


文字が持っていたこのような呪術性の大半は今は失われてしまった。それでも漢字はまだその一端を残していて、その気になればすべての漢字がもともと持っていた畏怖の念を垣間見ることができる。アルファベットの方は、キーボードを叩いてAと刻字した瞬間にこの文字をはるか昔まで遡って牡牛を思い出したり、Dないし⊿に一瞬魚の形を読みとったりする者はいない。アルファベットからは象形的な面は完全に失われている。

もっともアラビア文字の場合は、字源とはまた別の呪力をイスラム教が込めた。数年前のこと、NIKE《ナイキ》が「アラー」の文字をアラビア語で書いたスニーカーを発売して、アラブ圏で顰蹙を買い、引っ込めるという事件があった。偶像を一切認めない宗教では、文字が崇拝の対象になる。

ぼくがこのところ漢字の呪術性に惹かれるのは、沖縄に暮らしているからかもしれない。琉球文化圏は中国と日本の両方の文化を素材として組み立てられている。その中国も北京ではなく福建を中心とする南中国。これは漢字を土台にした文化であって、この場合はどうも『論語』よりは『山海経』の方に近い、呪術的な漢字なのだ。

具体的な例を挙げれば、「石敢当《いしがんとう》」というものがある。那覇の市街地を歩いていればやたらに目に入る。三叉路の突き当たりなどに、大きな表札のような石材にこの文字を彫って掲げてある。無理に読めば「敢えて石に当たる」だろうか。沖縄人の信仰によれば、魔物というのは道をまっすぐ進んでくる。曲がることが下手。だから家が三叉路の正面にあると、魔物は道を直進してきてそのまま家に入ってくる。入られた方は迷惑するから、これを留めるべく「石敢当」の文字を掲げる。

実際の話、沖縄の集落の造りでは三叉路がかぎりなくできる。長安や平城京やマンハッタンや札幌のような格子状の都市計画をこの地では採用しなかった。道はすべてスージグァー（路地）となって広がった。メロンの皮の模様そのままだった。だからすべての道は非直交的に交わり、その角ごとに「石敢当」が掲げられる。文字そのものの呪術に頼っているとしか思われない。

もう一つ例を挙げよう。家を建てる時は神々の恩恵を祈願する。地面に近い、土の匂いの濃いローカルな神への祈りと共に、非常に抽象的な天界の神々への祈願も平行して行われる。地上の神々には米と酒と線香と果物などを捧げるが、天界の神には文字が奉納される。すなわち、家の主は自ら筆を執って、横長に置いた板に墨黒々と「天官賜福紫微鑾駕」の文字を書き、これを新居の天井裏の棟木に、東向きに掲げる（棟梁が書くこともある）。これに、米、塩、昆布、木炭などを配するのだから、いかにもおまじないめいている。

書物によれば、「天官」は正月十五日生まれの上元天官という神様。「賜福」は読んだとおり福を賜るの意。「紫微」は北極星の神である紫微大帝。「鑾駕」が天子の馬車の意味だから、大帝みずから馬車に乗って家を守りに来てくださるということか。漢字の威力をもって神々を呼び寄せ、福と安全を招来する。道教である。このような漢字の力が歴然と見えるのが、たとえば香港の市街だとぼくは思う。あの看板の量。嫌でも目に飛び込んでくる文字の量。あれは単に店の位置を通行人に知らせているのではない。西洋のおだやかな控えめな看板とは違う。あれは文字の魔力によって客を強引に店内に引き込もうというマジックなのである。周囲との調和なんてことを考えてはいけない。呪術は目立たなければならないのだ。

文字に呪力を込めるためには、人がその意思をもって文字を書くことが前提になる。文字は人と素材と文字の格闘を経て書かれなければ、むしろ描かれなければ、ならない。亀の甲羅に鉄の鑿を以て刻む。青銅器に鋳込む。何段階もの工程を経て梳かれた紙に、油を燃やして取った煤から作った墨と、珍獣の毛を用いて作った筆によって、字形を考え、配置を案配し、滲《にじ》みを計算しながら運筆して、書く。石に「石敢当」と刻む。棟木に「天官賜福紫微鑾駕」と墨痕鮮やかに書く。この素材感、文字というメタフィジカルなものをいわば地上に引き下ろしてフィジカルな衣装をまとわせるための過程は大事だ。おおよそ呪術というものはすべて意図と過程の二つからなる。手順なき呪術はありえない。

それが、ぼくが今この文章を書いているように、電子的な手段で文字の形を呼び出せる時代に、文字はどういう意味を持つか。どこまで意味を失うか。文字はあまりに軽くなってしまった。金石文の重量感を喪失して、紙一枚の重さもわずらわしいと、ついにまったく重みを捨ててしまった。インターネットを駆けめぐる文字に重さはない。

それと同時に文字の呪力も失われたのではないか。人と人の間では文字はまだ力を持っている。音声と画像に負けているが、まだ人は文字を用いて恋情を伝えることができる。しかしコンピュータはかつては考えられなかったような大量の文字を敏速に処理する。量が増えた分だけ文字はいよいよ軽くなってしまった。

かつて文字の用途は二つあって、一つは漢字に見るように祈りであり、もう一つはクレタ島の線文字Bに見るように帳簿付けであった。文字は形而上と形而下の二つの側面を最初から持っていた。コンピュータは帳簿付けを格段に発達させる一方、祈りの面を捨てさせた。素材から離れ、物質から離れ、速やかに簡便に重量なき文字を書く手段を提供することによって人と神の間を裂いた。

この喪失を補うためにも、ぼくたちはもう少し肉体的な方法で文字を書くべきなのかもしれない。練習を積んで、「雲」の字を書き、それによって晴天を祈ったり雨を乞うたりすべきなのかもしれない。

クレオールと物語の生成

「本とコンピュータ」2000・冬

世界の変化を見るのに、いくつかの指標がある。技術とか経済などもその一つだが、人の移動という現象はずいぶん大きな力を持っているように思われる。

最初アフリカに生まれたヒトがやがて各大陸に散って、地表のほとんどを覆うようになった。その最初の移動の際は、行く先々にまだ誰もいなかったのだから、開拓の苦労は多かったとしても文化的な衝突や融合はなかった。

しかしそれは人類史のはじめの本当に例外的な時期のことで、それ以降は人は移動するたびに誰かに出会った。争ったかすぐに仲よくなったか、いずれにしても長い目で見れば二つの文化は相互に影響しあう。それは有性生殖のように、二組の形質を混ぜ合わせて新しい資質をもった共同体を作り出すことだった。最初一方が優勢に見えても、やがてもう一つの形質が（隔世遺伝のように）出てくる。これが文化をより複雑に進化させる一つの装置である。その基礎には出会いがあり、きっかけとしての移動がある。

カリブ海の文化に対する関心のきっかけは何だっただろう。イギリスの旅行作家パトリック・リー＝ファーマーの『旅人の木』というアンティール諸島の旅行記や同じ作家の手になる『サンジャックのバイオリン』という典雅な小説。その後、ヴァージン諸島だけは自分の足で踏んだし、ドミニカの沖合に泊めたヨットの上で二週間ほど暮らしたこともある。

しかし、このところのぼくのカリブ熱の理由は西成彦の『クレオール事始』（紀伊國屋書店）という本である。話題の中心にあるのはフランスの支配下にあった島々の言葉。元はフランス語だったが、それが変化してクレオールという言語になった。ただしもともとはクレオールとは「ヨーロッパからの植民者の末裔をヨーロッパに留まった者と区別するための用語」だった。話のはじまりには大西洋を越える移動と、行った先での出会いがあったのだ。

彼らが用いる言葉はやがてかつての母国の言葉から離れて独自の性格を帯びるようになった。なぜならば、カリブ海の島々にはヨーロッパ系と並んで、数の上ではずっと多くの、アフリカ系の人々が住み着いたから。奴隷として強制的に連行されて島ではもっぱらサトウキビ栽培の重労働に従事させられた彼らは、それぞれにアフリカの違う場所から来たために共通の言葉を持たなかった。簡略化されたフランス語が彼ら相互の意思疎通のために作られた（あるいは生まれたというべきだろうか)。これがクレオールという言語である。

いや、違うかもしれない。異なる母語を持つ人々が集う場ではいつでも共通語が必要になる(念のために言っておくと、これは母語であって決して母国語ではない。一国に必ず一言語という近代日本人の島国的勘違いが母国語という言葉を生み出した)。アフリカの東海岸ではアラビア語を主体とするスワヒリ語が作られ、中国沿岸からニューギニアにかけてはピジン・イングリッシュという言語が作られた。ピジンは business を中国訛りで発音したものだという。いわば商売英語。

こういう言語を総称してリングァ・フランカというが、これとて元は地中海沿岸で商売のために用いられた混成語のことであるという。この分野ではカテゴリーとアイテムがしばしば混用されているらしい。

クレオールは単に便宜のための言語ではない。言葉というのは最初は作られたものだとしても、やがては命を持つ。早い話が、それを母語として育つ者が出てくる。そうなれば、そこから文学が生まれるのは当然ではないか。西の本はこの言葉と文学についての簡潔にして周到な入門書である。

クレオールは簡略化される。まず動詞は変化しない! 学ぶ者にとってなんという福音! 次にrが脱落する。だから partir はなんと pati になってしまう。それから正書法も略されて、発音しない文字は書かれない。パリジェンヌを気取る娘をからかう歌の「(パリ風に) 口をとがらせて喋りたいんなら」という歌詞——

クレオール　Si ou le pale pwanti!

フランス語　Si tu veux parler pointu!

この簡略化の傾向は他のリングァ・フランカにもあることで、ニューギニアのピジン・イングリッシュには所有格や所有形がない。所有はすべてbelongで表される。「ぼくの食べ物」はkaikai belong meとなる。

しかし、学ぶのが簡単そうだからぼくはクレオールに熱を上げているわけではない。なんだかとても豊かで雄弁なことばに思われるのだ。むろん正統フランス語のように磨き上げられてはいない。むしろその場かぎりのブリコラージュ、舌足らずでしどろもどろの、粗野でいい加減な言葉。しかし、なんとか意思を通じさせようという強い意欲がいわば透けて見える。豊かで雄弁なのは言葉そのものではなく身振りと音声とメロディーかもしれない。遠い者同士の出会いほど衝突の威力は大きくなり、生まれるものはおもしろくなる。

言葉を巡っては、すべてを統一して管理下に置こうという求心的な力と、使われる現場で次々に新しいものを生み出して、原則を崩し、言ってみれば散らかしたいという遠心的な力が働く。マンダリンとヴァーナキュラーという分類もほぼ同じことを言っている。日本語の場合、前者の代表は文部省でありＮＨＫである。後者は若者言葉・隠語・方言・流行語、それに日本語を母語としない人々の日本語の類。

このところマス・メディアの発達でマンダリンの力の方が強い傾向があるけれども、しかし言葉というのは使われる現場から生まれるものだ。

光学の基礎にあるホイヘンスの原理は言葉にも当てはまるのではないか。つまり、光では「波動が伝播する際には、一つの波面上のすべての点が次の波源になり、それぞれ二次波を出し、これらの重なりによって次の瞬間における波面が作られる」（広辞苑第五版）のだが、言葉も同じで話す者一人一人の発語行為が起点となって翌日のため、翌年のため、次世代のための言葉が用意される。

言葉というのはどこか逆説的なものだ。困難な状況でこそ表現力を要求される。言いにくいことを言う場合、方言しか使えない相手、混乱した状況、幼い子供に対する時、等々。伝わった時には感動が生まれる。逆にあまりに流暢でよくできた官僚の答弁のようなスピーチは白々と空回りする。

もちろん、これはある意味で言語の洗練を否定する危険な考えかたで、つきつめれば最後には言葉が通じなくても身振りがあるということになりかねない。大阪の万博の時、多くの外国人（じつは外語人）がそれぞれの国のパヴィリオンで働くためにやってきた。全体として状況はバベル的だった。トルコから来た男がギリシャから来た女に惚れた。しかし、隣国どうしだというのに言葉が通じない。出会うたびに彼はじっと彼女を見た。視線は雄弁だったが、もう一つ押しが足りない。ある時、彼は彼女の目をじっと見て、右手に持ったライターを自分の心臓の前にかざし、パチッと点火した。意思は通じ、彼の恋は成就した。

この意思を最小限の日本語でならどう表現するか。「わたし、あなた、おもう、あつい……」。こういうところからリングァ・フランカは始まり、ホイヘンスの原理に従って、各自の努力の総体として、それなりの進化を遂げる。

西の本に導かれるままに、ぼくはクレオールの口承文学を読んでいった。例えばウォルクスタインという研究者が採話したハイチの民話集『魔法のオレンジの木』（清水真砂子訳、岩波書店）、ラフカディオ・ハーンが書いているものいろいろ。そこにたまたま最近新訳が出たハーンの中篇二作（これは『カリブの女』というタイトルで一冊になっている。訳者は平川祐弘、河出書房新社）が加わり、同じく最近刊行されたパトリック・シャモワゾーによる『クレオールの民話』（吉田可南子訳、青土社）と、ラファエル・コンフィアンの『コーヒーの水』（塚本昌則訳、紀伊國屋書店）という長い小説も並んだ。

いちばんおもしろかったのは、『魔法のオレンジの木』。民話といえばだいたいパターンが決まっている、と少し本を読んだ者は考える。一定の長さで、子供かそれに近い主人公の冒険があって、最後に宝かお姫さまか教訓が手に入る。このハイチの話もそのパターンから大きく外れるものではない。しかし、この本がいいのは語られる場の雰囲気が巧みに再現されていることだ。

人が集まった場で、話に自信のある者がみんなに問いかける、「クリーク？」。これに対してみんなから「クラック！」という返答が返ってきてはじめて物語は始まる。

これについてウォルクスタインはこう言っている――「聞き手がある話し手を断って、別の話し手を選ぶのは、別に失礼なことではありません。むしろ、聞き手はそうやって、ひとりひとり言質を与えているのです。なぜなら、ひとたび『クラック！』と言えば、聞き手は話し手を全面的に支持しなければならないからで、実際、人々はそうします。人々は物語が正確に話されているか、実によく注意してきいています。潤色することは許されますが、おぼえていた話を混同したり、忘れたりすると、聞き手は黙ってはいません。聞き手は物語の登場人物や事件にいちいち口をはさみますし、話し手の話術にも文句をいいます。そして、物語の中で歌が始まれば、待ってましたとばかり、いっしょになって歌いだします」。

少し長く引用したのは、ここに物語（モノ・語り）の生成過程を目の当たりに見る思いがしたからだ。ぼくは作家であって、物語＝小説を作って売ることを商売にしている。しかし、ぼくが使う言葉は厳格に制度化されたマンダリン日本語であり、しかもぼくはそれを書き言葉としてのみ用いている。聴衆を前に自分が作った話をして彼らを楽しませるというような厳しいテストに自分をさらしたことはない。文学賞とかジャーナリズムとかいう欺瞞のシステムがぼくの実力を誇大広告していっぱしの話作りであるかのように見せているが、見ず知らずの老若男女五十人からなる聴衆を満足させる力があるかどうか、ぼくには自信がない。

もちろん話を作る力とそれをドラマチックに語る技能は違うとも言える。しかし、その二役の分裂がそもそも堕落のはじまりだったのではないか。シンガー／ソングライターというのは順序が逆で、ソングライター／シンガーと呼ぶべきだと思うが、それと同じようにライター／テラーとかライター／パフォーマーであるのが「モノを語る」ということの本来の形だったはずである。日本文学史で言えば説話文学の姿。

そういう場があったからこそ、クレオールという言葉は聴衆たちに促されて、表現力を得ていったのではないか。民話の範疇内に収まってはいるものの、ウォルクスタインが「リンゴやナシといった果物ばかり食べてきた人間が、突然マンゴーやパパイアやグアバを口にしたような感じ」というような芳醇な民話が生まれたのではないか。

この民話がもう少し整理され、書き言葉に近くなるとシャモワゾーになる。臨場感が薄れ、少しだけ冷ややかになる。もう一歩大胆に歩を進めてすっかり小説に仕立てればコンフィアンの『コーヒーの水』になる。ここまで来るとガルシア＝マルケスまではもうすぐだ。ジーン・リースやトニ・モリソンだって遠くない。

沖縄に住んでいると、この土地のヴァーナキュラーな言葉の力をあらためて知る。年寄りは純然たるウチナーグチすなわち沖縄語を話すし（それがまた土地ごとに違う）、若い連中の話す共通語にもたっぷりと沖縄一流の意味と響きがまぶされる。東京からの距離がマンダリンの効力を弱め、この土地から生まれる言葉を引き立てる。そこから目取真《めどるま》俊のような作家が生まれる。言葉と物語の生成というのは無類におもしろい現象ではないか。

三年後の「からっぽの洞窟」

「本とコンピュータ」2000・春

一般に書評とは新刊の本を相手に書評するものだ。

だから三年前に出た本の書評のようなものを今になって書くというのもおかしなことだが、ぼく自身がこの本の内容を理解するのに三年かかったと考えていただきたい。あるいは、日本の環境がぼくの理解を促すようになるまでと考えてもいい。書評ではなく、この本をきっかけの随想のようなものになるかもしれない。

その本とはクリフォード・ストールの『インターネットはからっぽの洞窟』(倉骨彰訳、草思社)である。インターネットというものがいかにすばらしいかという推進派の大声の合唱に対して、それほどのものだろうかとやんわりとたしなめるような本、というのが最初に読んだ時の印象だった。

著者は天文学者で、専門は惑星地質学らしい。コンピュータのネットワークについては、二十年前にすでにＵＮＩＸのプログラムで大陸横断パケットを送ったことがあり(つまり、ARPAnet の時代)、何年か前にはハイテク・スパイ・グループをインターネット上で追い詰めて捕らえたという輝かしい逸話がある(この話が、彼の最初の著作『カッコウはコンピュータに卵を産む』だそうだ)。

『からっぽの洞窟』の方はなかなか微妙なスタンスの本で、たしかにインターネットの薔薇色の未来に水を差してはいるのだが、しかし全否定ではない。コンピュータやインターネットの限界を実に具体的に説いて、ここもダメあれもムリという例を挙げながら、これを過信して今後はこれ一筋になると喧伝する浮ついた主張の出鼻をくじく。

「このメディアが誇大宣伝されることで、人びとの期待はぱんぱんにふくらんでしまっている。それなのに、ネットワーク社会についての批評はまったくといっていいほどされていない。」

逆に推進派に言わせれば、この著者は欠点探しばかりの、揚げ足取りの、スポイル・スポート(おじゃま虫)ということになるかもしれない。あるいは、センチメンタルな懐古派。高速道路を走りながら、汽車の旅は楽しかったと、かつての汽車の不便はすべて忘れて、勝手に懐かしむタイプ。

そのあたりの判断はここでは先送りしておこう。ともかくこの本は、文体が適度に会話的で、落ち着いていて、愉快に読める。論旨の展開もわかりやすくて、押しつけがましいところがなく、その分だけ説得力がある。アメリカ風の好著と言える。そこまでは三年前にもわかった。

その後の三年で何が変わったかと言えば、日本でもインターネットがずいぶん普及し、Eメールはある程度まで日常のものとなり、便利さと限界が実感できるようになったということだ。ぼく自身についていては、ネットやメールは人並み程度だが、画像処理という分野でずいぶんコンピュータを使うようになった。

インターネットの問題はコンピュータそのものの問題と重なるところが多い。その意味で、画像を扱ってコンピュータの便利さと危なさがある程度わかったおかげで、ぼくは『からっぽの洞窟』がもう一段深く理解できるようになったと思う。

もう少しだけ、自分の事情のことを話しておけば、ぼくは去年一年間、『すばらしい新世界』という小説を読売新聞に連載した。この話の舞台をたまたまヒマラヤの山奥の小王国に設定したために挿絵がむずかしいことになった。普通ならば優れた画家にお願いするところだが、現地に取材旅行に行くことになっても、その段階ではどんな話を書くかはまったく見えていなかった。画家に同行してもらってもあまり意味がない。

そこで、写真を素材にして挿絵のようなものを捏造できないかと考えた。そう思った背景には、コンピュータを使えばなんとかなるだろうという、信仰心うすき神頼みのような安直な期待があった。ぼくは実質三週間の現地取材で数千枚の写真を撮り、それを持ちかえって、手元に置いた。それから泥縄という感じでフォトショップというアプリケーションの手習いをはじめ、最小限の技能で連載の開始に立ち向かった。

最初の頃は苦しかった。ともかく立ち往生する局面が少なくない。機材も充分ではなかったし（コンピュータを使って何かしようと思い立った者がまず体験するハードウェアの買いあさり）、知らないことが多すぎる。おまけにコンピュータというのはともかく理由もなくフリーズするものだ。そのうちになんとか作業の流れがよくなり、自分がやっていることの意味を考えながら手を動かせるようになった。

そこでいちばん考えたのは、コンピュータというのは既にある技術ないし制度をなぞるものでしかないという、それまでにもなんとなくわかっていたことの再認識だった。コンピュータというのは遅れてきた道具である。だから新顔として既成の社会に参画する際にはメタファーの衣をまとって登場した。ファイルとかフォルダー、ごみ箱などという用語が使われるのはそのためだ。便箋も封筒も使わないのにメールと呼ぶのも同じ。

フォトショップで言えば、使われるのは本来は暗室の中で行われていた処理をデジタルに置き換えた用語である。ぼくはマウスでいい加減な処理をしながら、それを通常の銀塩の写真フィルムを相手に暗室作業としてやっているところを想像した。自分の暗室を持ったことはないが原理はわかる。手間がかかり、苦労が多く、秘儀に属するテクニックがいろいろあることも一応は知っていた。

アンセル・アダムズのプリント・メソッドの教科書なんて、論理化されてはいるけれども、まるで魔法の手引きのようではないか。

それがコンピュータだと実に簡単に速くできる。それはもちろんよいことなのだが、この場合に問題となるのは、銀塩の写真のことをまったく知らぬままにデジタルだけがすべてと信じてしまう若い使用者の存在である。銀塩の写真のことを知っている者は実在する被写体をレンズと絞りとシャッター（と時にはフィルター）という仕掛けで切り取ったものが写真であり、暗室の処理はあくまで処理でしかないということを知っている。だが、コンピュータで後からいくらでもいじれるとなると、元の画像の重みは薄れる。

つまり、撮影行為とその後の処理のバランスが変わってくる。撮影というのは、その場その時だけの、いわば一期一会の、抜き差しならない決断だったはずだ。ファインダーの中で最も明るいポイントと最も暗いところをフィルムのラティテュードの範囲内にぴたりと収めて美しい画面を獲る。シャッター・チャンスのことも考え合わせれば、それは本当に「撮る」ではなく「獲る」だった。

暗室作業に比べて、フォトショップなどによる処理は簡便でいくらでもやり直しがきく。すべての写真はコンピュータを通すのが当たり前になり、その結果、人はすべての写真をコンピュータを通した擬似画像としてしか見なくなる。現実から離れ、すれて、どうせ作り物としていい加減にしか見なくなる。

ストールが『インターネットはからっぽの洞窟』に書いている多くのエピソードの中で、今回読みなおして最も強烈だったのは、O・J・シンプソンが逮捕された時の話だった。

あの時、逮捕の瞬間は写真をロサンジェルスの市警察が撮って発表した。それを二大週刊誌「タイム」と「ニューズウィーク」が掲載したのだが、「ニューズウィーク」がそれをそのまま載せたのに対して、「タイム」ではデジタルな修正が施された。その過程でシンプソンの膚の色はより濃くされた。

「両者の写真を見比べれば、その違いは誰の目にも明らかだったため、『タイム』は殺到する抗議で火だるまになった。大手報道機関や黒人向け雑誌はこぞって『タイム』が作為的にシンプソンの顔を実際よりも黒くしたのは、彼をより凶悪に見せるための策略だと批判した。」

今、ぼくがこの話を具体的に理解できるのは、ぼく自身、その新聞小説の挿絵を作る時にフィルムに映った画像をずいぶん修正したからだ。別に誰かを凶悪そうに見せようとしたわけではないが、写真の中の見せたいところに見る者の視線を誘導し、見せたいものを見せたいように見せるための処理をしているのだということは自分でもわかる。

それを経たものが写真であると世間の皆が考えるようになれば、さきほどぼくが書いた「実在の被写体」という概念は薄れる。実在するか否かは問題ではない。もう写真は証拠能力を失っている。

デジタル技術ならば完璧なコピーができるのだから、絵画のような（あるいはアダムズのオリジナル・プリントのような）作品の一個性というものもない。

話をもう少し拡大すれば、われわれはコンピュータのメタファー的性格に依存して、それを過剰に用い、その結果、われわれの周囲にはオリジンなきメタファーばかりが増殖しつつあるということになる。

あるいは、兌換紙幣の発行機であったはずのコンピュータがどこかから不換紙幣を大量に発行して、情報的なインフレーションを引き起こしている。インターネットは特にその傾向が強いように思われる。ストールの言葉をもう一度引けば「僕らは怠け者だから、内容より簡単に手に入ることのほうを優先させてしまう。その証拠に、学者の多くは、情報であれば、オンライン化されているというだけで、内容がどうであろうとすぐに飛びついてくる」ということになる。そして、「こういった願望の裏には、確たる資料一つを発見できれば、論文の課題は一挙に解決できる、それにはオンライン図書館やエキスパートシステム、ネットワーク、第五世代コンピュータがあればいいという安易な考えが働いている」。

インターネットにすべての答えがあるわけではない。インターネットには誰かが入れた答えがあって、運がよければそこに辿りつける検索システムがあるにすぎない。答えのように見えるものが本当の答えであるか否かの検証は自分で、コンピュータの外にある尺度によって、行わなければならない。

外にある尺度、メタファーになる前の実在、とは、結局のところ、自然ということではないか。土に種を播いて、水をやって、作物を育てる。何百回も繰り返し、さまざまな工夫を重ねてもっとも効率のいい育てかたを見つける。気象などの条件が変わっても対処できるようにする。

自然が相手だからこそ、こうして開発された技術には価値がある。すべての判断には現実的な根拠があり、だから状況が変わった場合にも応用がきく。自分で適当に用意した仮想の条件のもとで同じようなことをしても、それは研究ごっこでしかない。その背後には根拠となる現実は存在しない。本物の研究をなぞっているだけなのだ。

コンピュータは便利だけれどただの道具だし、インターネットにあるのは情報であって知識ではない。そのあたりの勘違いが世間におそろしい勢いで蔓延している、とストールは書いた。今になれば日本でもそれが実感できる。体験の記号化はコンピュータと必ずしも絡まない形ででも進行していて（たとえば『日本百名山』登山の流行）、インターネットはそれを派手に煽っている。脇役なのに主役の顔をしている。

玄関だけの建物は存在しないし、情報だけの知識もありえない。インターネットはあくまで入口でしかない。そうここで言うのは、すでに社会に向けて何度となく発された警告をまた繰り返すだけかもしれないが、しかし、これは何度言っても言い尽くしたことにはならないだろう。その意味で、ストールのこの本はやはり大事だとぼくは思う。

サン＝テグジュペリ像の変化

「本とコンピュータ」2000・夏

先日の新聞に「サンテグジュペリ遭難　飛行機残がい　南仏沖で発見？」という見出しの小さな記事が載っていた。

ついに見つかったのかとなかなかの感慨をもってこの記事を読んだのはこれが、一九三七年に太平洋で行方不明になったアメリア・イヤハートの乗機とならんで、世界中で最も熱心に探されていた墜落機だからだ。

記事によれば機体が発見されたのはマルセイユの沖合。「残がいは車輪や燃料タンクの形態から、作家が搭乗していたのと同じ米国製ライトニングP38改造型で、ほぼ搭乗機に間違いないと見られている」という。第二次大戦の最後の頃、アントワーヌ・ド・サン＝テグジュペリは連合軍側のパイロットとしてサルデーニャから、その後はコルシカ島のバスティアから、占領下のフランスへ何度となく偵察飛行を行っていた。乗機はロッキードP38ライトニング双発戦闘機を偵察機に改造したもので(記事の順序はまちがい。「ライトニング」は製造会社ではなくニックネームだから制式番号の後にくる)、優秀な飛行機だと彼自身がどこかで書いていた。もっとも別のところでは悪口も書いたし、着陸に失敗して一機壊したこともあったけれども。

アメリカが第二次大戦の後半に投入したこの飛行機は戦闘機にしては非常に大型で、単座双胴双発、スーパーチャージャーを備えて高々度で活動することができた。世界がジェット機に移行する前の最後のプロペラ戦闘機の傑作と言っていい。ちなみにぼくはずいぶん大きなサイズのプラモデルを作ったことがある。

この頃、サン＝テックスは(と、関係者ならびにファンたちの習慣に従って長い貴族的な名を縮めて呼ぶことにしよう)年齢と地位が許容する限界を超えて飛行を続けていた。彼の歳や飛行記録が禁じているにもかかわらず、強引に飛行許可を奪い取って、無理を承知で飛びつづけた。だから一九四四年の七月三十一日に離陸して帰ってこなかった時、自殺説が流れたのだ。

飛行機が永遠に飛びつづけられず、どこにも着陸しなかったのだから、彼が落ちたことはまちがいない。最初はドイツ軍に撃墜されたという解釈が行われた。しかし戦後になって調べてみてもドイツ側にその記録がない。圧倒的に強かったライトニングをもし撃墜できたとすれば、ドイツのパイロットがそれを吹聴しないはずがない。

事故の可能性は大きいだろう。無線連絡がなかったといっても、たとえば当時の酸素吸入装置はしばしば故障した。コックピット全体を与圧しない戦闘機で高々度を飛行するには酸素は必須である。その補給が途絶える。操縦士の意識がゆっくりと混濁し、やがて飛行機はバランスを失って落ちてゆく。

これがもっともありえたシナリオだが、サン＝テックス自身がしきりに自分の死のことを口にしていた以上、覚悟の自殺という説もあながち否定できない。今、機体の残骸が見つかったからといって、この点が明らかになるわけではないだろうけれど。（別の新聞は、近くからドイツ軍機の残骸も見つかったので、両機が空中衝突した可能性が高いと報じている。サン＝テックスはまた飛行中にミステリに読みふけって周囲を見ていなかったのだろうか。）

それはそれとして、彼の骨は海中の機内にあるはずだ。この想像はなんとなく生々しい。あの本のおかげで、なんとなく彼もまた星の世界に帰ったという印象を読者たちは持っていたわけだから。

あの本、もちろん『星の王子さま』。現在の規定では作者の死後五十年で著作権は切れるということになっているが、彼の場合は行方不明による加算があったのか、あとしばらくで遺族の手を離れて万民の共有財産になるらしい。それだけの年月がたったのだ。その間にあの本は世界中で大量に売れ、彼はフランスの五〇フラン札の顔にもなった。あれにはたしか王子さまの肖像とゾウを呑み込んだウワバミの絵もあったと記憶する。

先日、ちょっとおもしろい話がぼくのところに舞い込んだ。『星の王子さま』の翻訳権は日本では周知のごとく岩波書店が持っていて、今もってなかなかの売れ行きを示している。しかし、版権が切れるということは他社も出せるということであって、それをやりませんかと声を掛けられたのだ。内藤濯訳にいささか不満を述べたこともあるし、ならば自分でやってみろということになったのかもしれない。

ぼくはしばらく考えてこの話は断った。なぜかあの話がもう自分からは遠いところにある気がしたのだ。小学生の時から何度となく読んで、ほぼ全体が頭に入っている。解説のような文章を書いたこともある。しかし結局のところ、今から全部を訳すほどの熱意はぼくにはなかった（一つには、日本では山崎庸一郎というサン＝テックスの名訳者がいることも理由だったけれども）。

『星の王子さま』が遠いだけではない。サン＝テグジュペリという作家その人が少し遠くへ行ってしまった感じがして、自分でも意外だった。それがなぜだろうと考えてみた。最初に出会ったのが『星の王子さま』だったのはまちがいない。しかし最初に夢中になったのはむしろ中学生になってから出会った『夜間飛行』だった。その次が『人間の土地』。新潮文庫の堀口大學訳サン＝テグジュペリにはもう一冊『戦う操縦士』があったが、これはわかりにくかった。

幼かったぼくは何に惹かれたのだろう。『夜間飛行』のヒロイズム。規律が人を作るという明快な主張。『人間の土地』に見られるような、パスカルやラ・ロシュフコー以来のモラリスト文学の伝統の二十世紀的展開。それ以上に沙漠という風土と、それが作る人間の姿勢。つまりはロマンティシズムではなかったのか。

ぼくは『夜間飛行』に出てくる地名をよく覚えている。トゥールーズ、アリカンテ、ダカール、カップ・ジュビー、ヴィラ・シズネロス、バイア・ブランカ……。現実の土地を知らないままに地名の響きに憧れるというのは正にロマンティシズムだ。今、気がついてみればぼくは、これまでずいぶん旅行をしているにも拘わらず、ここに挙げた土地のどこにも行っていない。行きたい気持ちはあるけれども、もしも実際に行ったとしても、その後で書くのがサン＝テックスを讃える文章であるかどうかはわからない。現地まで行ってなお彼を讃える文章しか書けないのでは、それは彼の行動を形ばかりなぞるだけで、本当に行ったことにはならないだろう。カップ・ジュビーは聖地ではないし、ぼくは巡礼ではないのだ。

ヒロイズムとロマンティシズムとは何だろう。それが人間を鼓舞することはよくわかる。ヒロイズムは人の中に力を呼び起こすし、ロマンティシズムはその力を奮うべき対象を遠くに設定する。飛行機という新しい道具を使って地球を探険し、自然を「人間の土地」とするには自分の力を確信しなければならない。だから『人間の土地』の中で、僚友ギヨメがアンデスの山中に墜落して、力を尽くして生還する話に大きな意味が生じる。一人の操縦士が人間の代表になる。

人は期待された時に力を発揮する。ヒロイズムはそのための装置だ。おまえには力がある。それを自分の利己的な目的にではなくもっと大きな使命のために用いよ。このメッセージは昔から頻繁に使われてきたし、危ない状況で危ない目的のために使われたことも少なくない。浅沼稲次郎を暗殺した山口二矢《おとや》は明らかにこの種のヒロイズムに酔っていた。テルアヴィヴの空港で自動小銃を乱射した岡本公三も同じ。戦時中の特攻隊の青年たちにもヒロイズムはあっただろう。

一生を一瞬に使い尽くすという考えは若い性急な人間には結構すばらしいことに思える。それに、世の中にはヒロイズムなくして遂行不可能ということもあるのだ。飛行機はまだ粗雑な機械でしばしば故障するし、墜落を免れて不時着できたとしてもそこに待っているのはヨーロッパ人に敵対する沙漠のムーア人である。この時期の沙漠を越える郵便飛行では合計百二十一人のパイロットが死んでいる。

すなわち、ヒロイズムは普通ではできないことをするための手段ないし道具である。ヒロイズムそのものには何をなすべきかを判断する能力はない。ヒロイズムは一種のブースターであり、スーパーチャージャーであり、ひょっとしたら覚醒剤である。

そこにロマンティシズムの役割が生じる。ロマンティシズムは見えない対象を勝手な幻想で飾る。恋の初期と同じで、相手を詳しく知ってしまうともう美点で飾ることはできない。スタンダールが『恋愛論』でいうザルツブルグの小枝がきらきらと輝くには無知という条件が必須なのだ。

では『人間の土地』の場合、サン＝テックスは何に無知だったのか。沙漠に住むベルベル人たちの生きかた。彼がまさに讃えた人々の側からの見かた。知らないままにこちらの勝手な価値観で誉めて憧れるというのは、オリエンタリズムの基本姿勢であり、サン＝テックスとてフランス人に顕著だったこの姿勢と無縁ではなかった。

二週間前に乗った英国航空の機内誌がスヴェン・リンドクィスト（Swen Lindqvist はたぶんそう読むのだろう）というスウェーデンの作家の本を紹介していた。おもしろそうだったので到着したロンドンでその本を探して買った。こんな地味な外国の作家を数ページを費やして紹介するとは英国航空もなかなか粋なことをする。

次の日本への機内で読み上げたその本は『沙漠の潜水夫 *Desert Divers*』というタイトルで、著者自身のサハラへの旅に何人かの先達の生涯を重ねている。サン＝テックス、ミシェル・ヴューシャンジュ、ウージェーヌ・フロマンタン、ピエール・ロティ、イザベル・エーベルハルト、そしてアンドレ・ジッド。

リンドクィスト自身はとても簡潔な文体で書くピーター・マシーセンにハンナ・アーレントとエドワード・サイードが重なっているという感じ。おそろしく乱暴な言いかただけれども、だいたいそのあたりと思っていただきたい。

彼の姿勢はこのところのぼくのサン＝テックスに対する違和感と呼応していた。サン＝テックスは今だって好きな作家だし、あの文体の魅力は褪せていない。もっとも難解で、冗長で、繰り返しが多いとされる遺稿『城砦』だって今も思い立って数ページを読み返すことがある。あの旧約的な家父長主義に惹かれる側面がぼくにはある。

しかし、リンドクィストが言うように「貴族だったサン＝テックスには、自分が賞賛するものすべてを高貴とみなす傾向がある」。だから「彼は新しくてまだ知られていない技術と遠い知られざる人々をロマンティシズムで包む――そうすることで資本主義ヨーロッパが捨てた古い懐かしい封建的な価値観を擁護するのだ」。

新しい技術とは飛行機であり、遠い人々はムーア人である。あのころのパイロットは中世の騎士によく似ていたし（映画で言えば『レッド・バロン』や『ブルー・マックス』）、ムーア人はまだ沙漠の向こうにいてスペイン人と戦っていた。今のパイロットはコンピュータのオペレーターでしかなく（サン＝テックス自身が晩年、操縦が機械まかせでつまらなくなったと嘆いていた）、西サハラの政治状況は近親憎悪のさなかで混乱している。

この四十年でぼくの中のサン＝テックス観はどう変わったのか。ぼくは少年から青年を経て中年の後半にさしかかった。しかし、それでも少年のころ以来ずっと価値を減じない愛読書はいくらでもある。この間にもっとも大きく時間が作用したのはむしろぼく個人ではなく、世界全体がオリエンタリズムに対する批判に目覚めたことである。今はエドワード・サイードの時代であり、彼の思想はどうやっても無視できないのだ。逆の側から言えば、ヨーロッパの勢力がそれだけ退潮したわけで、アジアとアフリカの声がその分だけ届くようになったと言ってもいい。

世界は変わりつつある。ぼくはサン＝テックスを一つの手がかりに、それを実感した。

映画と本と田舎暮らし

「本とコンピュータ」2000・秋

ぼくが沖縄に移住して六年になる。県庁所在地から車で四十分、空港からなら五十分の、人口五千の村の、人口五百の字《あざ》。隣の家まで百メートル。小さなスーパーマーケットまで一キロ、郵便局まで二キロ。比較的大きなショッピング・センターまでは十キロ。

たまに東京に行くと、そこの住民たちに、そんなところに住んで不便ではないかと聞かれるが、交通や通信、運搬の手段が完備された今の時代にここは僻地というほどのところではない。原稿はみんなEメールかファックスで送れるし、本は宅配便で届く。東京へ日帰りすれば打合せ三つくらいは片づく。

それでも、地方で暮らしているハンディキャップを感じることがまったくないわけではない。その筆頭が映画。

今の映画は大きく二種類に分けられる。一億ドルの予算が投入されるハリウッドの大作と、掛けてもせいぜい数百万ドル、少なければ数万ドル（ロバート・ロドリゲスのヒット作『エル・マリアッチ』は七千ドルで作られた！）で作られる「その他の」映画である。

そして、地方には「その他の」映画は来ないのだ。人口百三十万の島嶼《とうしょ》県でも映画館は二十六軒ある。人口五万につき一軒だ。中には8スクリーンのマルチプレックスもあるし、ピンク映画の専門館もまだある（これを執筆中の今日、首里劇場という館で上映中のプログラムは『料亭の若女将汗ばむうなじ』他二本。ビデオ全盛の今もこの種の映画が三五ミリで制作され、公開されていることに感動するではないか）。

しかしピンク映画はともかく、他の館にかかるのはすべてハリウッドの大作ばかりである。ヨーロッパ映画、アメリカでも地味なもの、夏休み子供むけアニメ以外の日本映画、途上国のものなどはまず見る機会がない。マフマルバフとかゲルマンなんて名前さえ聞こえてこない。

一九四五年生まれのぼくは映画の世代に属する。だから映画は昔からずいぶん見てきた。ゴダールもベルイマンも「緋牡丹博徒」シリーズもハワード・ホークスも生活の一部だった。一時期は年間百本があたりまえだった。後に映画論で本が一冊書けたほど映画は身近だった。

そして、今にして思えば、その映画のほとんどは先に言ったところの「その他の」映画だった。ハリウッドの大作（『ベンハー』の類）を見なかったわけではないが、全体の中ではごく少数だ。日本の最南端の県に引っ越したために、それほど大事だった映画というものと縁が切れる。これはなかなか辛い。

そこで最近は東京に行くとなんとか時間を作って映画館に走る。成田から出る飛行機の時間を気にしながらアキ・カウリスマキの『白い花びら』を見る。一週間ホテル暮らしをして「地中海映画祭」の二十本を見る。

しかし沖縄に戻れば映画とは無縁の生活。ここにはハリウッド映画しかない。そこで、たまにはその種の大作をちゃんと見てみようかと考えた。彼らの手口はわかっている。金のかけかたもわかっている。しかし、百万人が見にいくだけのおもしろさはどう構築されているのか。あれだってやはり映画には違いない。ビデオで流して見て済ませるのでなく、大きなスクリーンとドルビー・サラウンドの環境で見ればどんなものだろう。

最近たまたま読んでおもしろかった本に『パーフェクト・ストーム』というのがあった(セバスチャン・ユンガー著、佐宗鈴夫訳、集英社、一九九九年)。一九九一年の十月にアメリカ東海岸を襲った記録的な嵐とそれで遭難した漁船を巡るノンフィクション。

この嵐で沈んだ一隻のメカジキ延縄《はえなわ》漁船を中心に据えて、自然の威力とそれに立ち向かう人間の勇気ならびに努力を丁寧に書いている。著者は事件の二年後にこの船の母港だったマサチューセッツ州のグロスターという港を訪れ、死んだ漁船員の遺族や関係者にインタビューを重ねる。その一方では嵐の中で遭難した他の船の話や、救助に向かった沿岸警備隊の活躍の話も詳しく追う。手法としては今のノンフィクションの基本形をなぞって、漁船アンドレア・ゲイル号が九月下旬にグロスターを出航して十月二十八日に消息を絶つまで、ならびにその後日譚をほぼ時間どおりに再現し、その途中にさまざまなエピソードを盛り込む。漁師たちの心意気や危険というものに対する特異な姿勢もなかなかよく書けている。フィクションに似た方法で関係者の内面まで描写するけれども、しかしそれはインタビューの内容を常識の範囲内で膨らませたもので、けっしてそれ以上ではない。

この本によって読者は今の遠洋漁業の実態と、漁師の生活、その妻やガールフレンドの立場、自然の力、救助活動の方法などを知ることができる。彼らに感情移入し、ことの推移に一喜一憂し、結果を嘆き、葬儀の場面で涙することもできる。つまり、これはこれで一つのストーリーとして完結しているのだ。

日本訳の読者ならば、自国の漁業についても誰かがこういう本を書いてくれないかと考え、足立倫行の名を思い出したりするだろう。しかし足立のイカ漁の本（『日本海のイカ』情報センター出版局、一九八五年）はもっと堅実なルポルタージュで、ここまで読む者の感情を煽りはしない。それがよいことか否か。話が派手で感情移入を誘うからベストセラーになって多くの読者を得、各国語にも翻訳されるのだ。

この本が映画化され、那覇の映画館で上映されていた。これを見ることにした。大衆に対する魅力の用意という点では、映画はもっと徹底している。実在した人物を役者が演じるのだから感情移入は一層容易になるし、なんといってもスクリーンに展開される映像は言葉よりもずっとわかりやすい。それに音が加わる。ここでは観客は読んだり、知ったり、考えたりするのではなく、「体験する」のだ。

そのために映画ではCGを多用して嵐の海で漁船が翻弄される場面を作り出して見せる。観客は絶対安全な、ありえない、いわば神の視点から、この強風と雨と大波と飛沫と厚い雲の光景を見る。それが船に襲いかかり、さんざんに嬲るさまを見る。しかし、もちろん、こんな言いかたは一方的な擬人法である。嵐には人間をいじめているなどという意識はない。圧倒的に大きな力を前にして人が右往左往し、なんとか持ちこたえ、生き延びる姿を戦いと解釈して、それならば敵役の方にも戦意ありと考えるのは、まあ理解できる錯覚と言えるだろうが。

映画『パーフェクト・ストーム』の話の構図はハリウッドの定型そのまま。人間に対する脅威が外から襲来し、それに対して人間は力を尽くして戦う。一つ一つの困難を克服して、次に向かう。この映画が他と少し違うのは外から来る脅威が、宇宙人でも、隕石でも、テロリストでも、CIAの陰謀でも、南米麻薬カルテルでも、未来から来た殺戮マシンでも、バイオテクノロジーで生き返った恐龍でも、軍の研究所から漏れだした細菌兵器でもなく（なんといろいろあることか）、人間には昔からおなじみの嵐という自然の驚異だという点。そして、一応は事実に基づく話であって、従ってハッピーエンディングではないという点。

脅威を映像化するのにCGが使われるのは他と同じである。実写はあり得ないし、模型による特撮はもう古い。実際には『2001年宇宙の旅』や『ブレードランナー』が模型とモーション・コントロール・カメラでやったことをCGは千倍の速度と密度でやっているにすぎないとも言えるのだが。

それにしても、なぜ現代の大衆はこうも危機感を体験することが好きなのだろう。最初はジェットコースターだっただろうか。非常に危険なように思えるけれども、しかし決して本当の危険ではない。今の遊園地はもっぱらこの疑似危険体験という原理からできている。高いGとヴァーチュアルな危機感のさなかで人は絶叫はしても、五分後にはけろりとして地上に降り立つ。数年前、某遊園地のコピーに「もうこりごりだ、また乗ろう」というのがあった。

ハリウッドの大作もすべて同じ。二時間半に亘ってアドレナリンの連続微量分泌を促すだけで、あとには何も残らない。どんなホラー映画だってパニック映画だって、大人がその晩に悪夢を見てうなされるほど怖くはない。そういう風に映画の尻尾のところをきちんと括って、中身が現実の方に漏れ出さないようにしてあるのだ。映画館を出れば、遊園地を出れば、そこはいつもの見慣れた現実の市街。そこに恐怖の種子が隠れているかもしれないと想像するのもちょっと楽しいという程度。それほど今の社会は安全である。怖いものは外からは来ない。怖いものはわれわれの内側に潜んでいる。しかし、それはそのままでは映画の素材としては使えない。脅威を外化して、始末しやすくした上でないと大衆のための消費財にはならない。

危険が潜む海に平然として乗り出してゆく漁船員たちの勇気を映画の観客が共有するわけではない。沈むはずのない映画館の椅子に坐った彼らがそれを共有できるはずがない。彼らはそれに勝手に相乗りし、横取りし、消費するのだ。

今や一般の人々にとって自然はあまりに遠く、命をかけてそれと戦った記憶はもうあまりに薄れた。生きることはぬるい生産と刺激的な消費の間にしかない。そして、皮肉なことにこの状況では、遠くなった外部の脅威との戦いという構図は、まだしも記憶にうっすらと残っているがゆえに、消費財として価値を持つ。しかし、それ以上ではない。

そう考える一方で、では書物ならばいいのかと考える。大衆の消費財といささか見下げた言いかたをしながら、セバスチャン・ユンガーの本もまた消費財ではないかと反省する。書物も商品として売られるのだから消費財である。しかし、二時間十分の興奮を一方的に提供する映画よりは、数時間ないし数日の読書と思索の機会を与えてくれる本の方が後に残りはしないか。

いや、この立論は誤りだ。ぼくの個人的な体験の範囲でも、読んで何も残らなかった無数の本がある一方、忘れがたい映画も多くあった。本と映画の間で本を選ぶつもりはない。後に残ればいいというものでもないだろう。

ただ、この映画はあまりに消費財として巧みに、その範囲においてまことに見事に、作られている。ものを考えさせないように構築されている。知的というよりは生理的な悦楽に奉仕する。本もまた大傑作というわけではないが、まだ本の方がおもしろかった。

最初にこの本を手に取った理由は何だったかと考えてみる。今年の七月にカナダに行った時に、Alistair MacLeod という現代カナダ文学を代表する作家の短篇集を買った。これがどれも漁師や灯台守など、海辺で暮らす人々の話で、とてもおもしろかった。ぼくが行ったのはカナダの太平洋側だが、短篇の方はみな大西洋の方、ノヴァスコシアあたりが多い。それで大西洋の漁師という連想が働いた。

もう一つ、三か月くらい前、たしかテヘランのホテルの本屋でリチャード・ヒューズの『ジャマイカの烈風』の原書を買って、これも楽しんで読んだ。海賊と子供たちと嵐という組合せがよくて、しかも甘みのまったくない少年文学。高校生くらいで読むのがいちばんいい本だが、大人でも充分に楽しめる（昔、筑摩書房から翻訳が出て、その後晶文社から再度刊行されている）。

つまり、大西洋と嵐という『パーフェクト・ストーム』の二つの要素を別々の本から事前に受け取っていたのだ。

手元の資料によれば、『ジャマイカの烈風』は一九六五年に映画化されている。主演はアンソニー・クインとジェームズ・コバーン。ぼくは見ていないし、日本で公開されたかどうかも知らない。こちらをテーマに映画と書物の比較論を展開できたらよかったのにと思っても、手元には『パーフェクト・ストーム』しかなかった。

世界中いたるところで、最も反アメリカ的なイランのような国でさえ、文化のアメリカ化が進んでいる。大衆を誘って、底の浅い快楽を与えて、それを習慣にするという商業主義の手法。この流れに抗するにはそれぞれの国と地域が文化を作り出すしかない。そういうことなのだろう。

ＡＢＣ書店のために

「ＡＢＣで会いましょう」（青山ブックセンター）2004・9

一九八〇年代の半ば、六本木はぼくの好みの町だった。

もともと夜遊びをする方ではないのだが、あの頃はよく夜の六本木で時間を過ごした。町が提供してくれるものと自分の好みが合っているから自ずと足が向く。人に会うのに俳優座の下のＨＵＢを使い、映画を見てレコードを買うにはＷＡＶＥに行き、ＡＢＣこと青山ブックセンターで本を探した。

本というのは奇妙な商品で、買う側の選別性が高い。あれがないならこれでいいというわけにはいかない。トマス・ピンチョンはトマス・マンの代用にはならない。この点では大きな本屋は有利だ。棚が長い分だけ目当ての本に出会う確率は高まる。

また本というもの、買う時には中身はわからない。家に持って帰って読んでみるまでその価値は未知であって、だから本にお金を払う行為はどこか博打めいている。一生に一度という出会いの対価が数百円だったりする。

麻布警察署の隣にあるＡＢＣの六本木店は決して大きな本屋ではないのに、つまりとりわけ長い棚があるのではないのに、ぼくが読みたいと思う本に出会う確率が高かった。

取次が回してくる新刊書をただ並べるだけでなく、一定の基準に沿って本が選んである。その基準がぼくの好みに合っている。

しばしば行っているうちにこの店の雰囲気に心が染まった。その頃ちょうど書いていた短篇連作の中で舞台として使ったのはそのためだ。偶然の事情から東京に上陸したレバノン人の若い男が、本人とは別の経路で届けられたパスポートを受け取る場面をＡＢＣの中二階のキャフェに設定したのだ。

その後、あのキャフェは書店の一部になり、海外の大きな写真集などが並ぶようになったけれど、あの当時は買った本をすぐに読みながらお茶が飲めるコーナーだった。キャフェの中でパスポートは第三者に盗まれ、バイクで逃げるその泥棒を主人公たちは車で追う。テレビ朝日通りを左折して、中国大使館の裏の方の細い路地まで行ったところで逃げられる。親しい町を地理的にも正確を期して書くのが楽しかった。

小説の中で使ったのは町と書店へのオマージュだ。この連作では地名を表に出さずに東京のいろいろなところを舞台にした。たいていが都心だったが、伊豆大島も奥多摩も使った。話の最後で主人公がパスポートを取り戻すのは東京タワーの展望台。今に至るまでぼくにとっては唯一の東京の話である。

それから何年かしてぼくは沖縄に移り、ＡＢＣの六本木店に行く回数は減ったが、それでも上京した折には寄るようにしていた。そして最近では年に二回、世にも贅沢な方法でこの店を訪れ、店内を一周して買いたい放題に本を買っている。

年に二回というのはある文学賞の選考会の折で、その勧進元である出版社はまこと気前がよく、会場への往復に立派なハイヤーを用意してくれる。ホテルまで迎えに来て、帰りも送ってくれる。そしていつも泊まるホテルへの帰路の途中にＡＢＣ六本木店がある。

選考という大仕事が終わった後の解放感に身を任せて、ぼくはいささかのわがままを自分に許す。何をするかといえば、ＡＢＣ六本木店にハイヤーで乗り付け、二十分ほど待っていてもらって、その間に本を買うのだ。

ロレンス・ダレルの『アレクサンドリア四重奏』の中で、この都会の富裕な実業家であるネシム・ホズナニという人物がロールスロイスに乗っている。もちろん自分で運転などしない。彼が恋人と散歩する時、ロールスロイスは少し後ろから静かについてくる。ずいぶん贅沢な散歩だと初めて読んだ時に思った。年に二度だけ、ぼくはネシムに似た豪儀なふるまいをしている。

東京でこういうことが似合う書店はたぶんＡＢＣ六本木店しかない。あの猥雑な夜の喧噪の中で、書店は毅然としている。外の街路と店内の空気の差が大事で、一歩入った時のあの静寂がいい。自分を読んでほしいと本たちが訴える声がひそひそと立ち込めている。

もしも河出書房新社がダレルの四部作を復刊したら、それが並ぶのに最もふさわしい棚は、あの店の入って右側、レジから三メートルくらいのところだろう。

炎の中に消えた本について

「本とコンピュータ」終刊号2005・夏

すべてのものについて言えることだが、始まりは美しい。振り返ってみれば、いつも始まりはずっと遠い霞の中にある。おぼろなかげろうの中で揺れるばかりで形も定かでないけれども、あのあたりがたしか始まりと見当がつく。

ぼく個人にとって初めての本は何だっただろう。どうやって字を覚えたのか、何を読んだのか、具体的には何も覚えていない。気が付いた時にはぼくは本を読んでいた。

人類にとっても同じことだと思う。字が発明された。人は何かに字を書いた。何であってもいい。五ページなら本で三ページはまだ本でないとは言えない。一葉の本、一字の本がある。後続の者を導くために岩に赤土を以て書かれた矢印は既に本である。それがいつのことだったか、誰も覚えていない。

それよりもぼくは最後の本の方を考える。ぼく一人にとっての最後ないし最期はどうでもいい。

問題はみんなにとっての最後の本だ。

ある一族が外から攻められ、追い立てられ、つぎつぎに殺され、絶滅は目前という時、残された一人が自分たちについて知っているかぎりのことをあわただしく、しかし万感の思いを込めて書く。決闘前夜のエヴァリスト・ガロワのように必死で書く。そしてそれを洞窟の奥に隠し、最後の闘いに出てゆく。そこに残されたのが最後の本だ。読む者を期待できないまま書く。彼らの文字は失われ、言葉は忘れられるだろう。この場合、書くという行為にはどんな意味があるか?

隠されたものが後に発見された例はある。敦煌の木簡はオーレル・スタインによって発見された。だが、見つからないままに朽ちた文献は世に無数にあったはずだ。

十六世紀に大西洋を西へ渡ったヨーロッパ人は彼らが「新大陸」と呼んだ地で「これまで聞いたことも見たことも、夢見たことすらなかったあらゆる物」に出会って驚嘆した。しかしその後に続いたのは殺戮と破壊だった。アンドレス・デ・オルモスはテノチティトランの寺院で見つかったすべての写本を燃やすことを命じた。マヤやアステカの文明は消滅した。

最後の本とは、洞窟の奥で朽ちた本、焚書の炎の中に消えた本のことである。

世界に一冊だけの本

「coyote」(スイッチ・パブリッシング) 2006・11

フランスの社会は日本に比べるとずいぶん保守的であって、古いものが大事にされている。ぼくが住むフォンテーヌブローというところは特にその傾向が強い。なにしろ今も王党派の雰囲気が残っていて、普通ならば革命記念日(いわゆるパリ祭)に行われる花火大会を夏の終わりまでずらして催すという土地柄なのだ。

だから、大きなアンティークの店があるのは当然だと思ったが、製本工房(l'atelier de reliure)を見つけた時はさすがに驚いた。パリならばともかく、この小さな町に今でもこんな店があるのか。

他の国のことは知らないが、かつてフランスでは本とは二段階を経て書棚に入るべきものだった。まず出版社はごく簡単な、日本でフランス装と呼ばれる仮の形で刊行し、それを買った読者は製本工房で自分好みの装幀をしてもらってから、蔵書に収める。

フランス装は事務的なまでに簡略なペーパーバックで、ページさえ切ってない。日本の造本の用語を使えば三方断ちさえしてない。だからこれを切って開きながら読むためにペーパーナイフというものがあった。

蔵書というのはそれ自体が貴族的ないしブルジョワ的な資産である。豊かな人々が知を独占していた時代のもの。

屋敷の中に図書室があって、そこに自分だけのために装幀を施した書物をずらりと並べる。蔵書を編む過程の一段階として製本工房とのやりとりがある。好みの作家の新刊書をすべて同じ意匠で装幀して、自分だけの全集を作る。あるいは自分専用に世界でたった一冊の詩集を作る。グーテンベルクによって量産品となったはずの書物というものの最終過程だけを注文生産にする。

その店の前を通るたびに気になって店の中を覗いた。日本語で工芸製本などと呼ばれる一冊ごとの手作業の本造りの工房で、美しい書物が棚に並び、時には店主が悠然と作業をしている。その手の動きに魅せられて佇むこととしばし。

こちらも本は好きな方だ。あのように綺麗な本を注文で作ってもらうのも楽しいかもしれないと思わないではない。自分の書いた小説のフランス語訳ならば、特別の一冊ということにも意義がある。

しかし、それをためらう理由もあった。特別の一冊を作るのはグーテンベルクの精神に反することなのだ。本というものは需めに応じていくらでも増刷できること、つまり無限に向かって開かれていることが基本原理であって、それを自ら閉じてはいけない。初めから部数を限定した本はその存在自体が自己矛盾だ。

この点をめぐって父・福永武彦と議論をしたことがあった。昭和でいうと四十年代だったと思うが、なぜか日本で限定版を作ることが盛んになり、プレス・ビブリオマーヌとか、桔梗屋とか、麦書房とか、おそろしく凝った綺麗な本をせいぜい百部くらい作る版元がいくつもあった。

父の作品はとりわけその種の刊行に向いていたようで、何点も限定版が出た。活字も紙も装幀の素材も特に選んだものを用いて、優れた職人が丁寧に一点ずつ作る。『幼年』という小説など、本文用紙も特梳きで enfance という透かしが入っていた。限定であることの証しに全何部と書いた上で、そのうちの何番と手書きで記してある。

若かったぼくはプロレタリアートの一人として、そのようなブルジョワ的かつ趣味的な書物に反発を感じたのだ。出版は未来に向けて開かれているべきだというのは、つまり大衆への信頼である。岩波文庫あるいはその淵源に戻ってレクラム文庫こそが出版のあるべき姿だ。このぼくの主張を父は苦笑して聞き流した。

そういう思いが最近でもまだどこかに残っていて、自分の著書とはいえ、特別の一冊を注文することをためらわせた。ぼくは父の著書はたいてい持っているが、限定版は一点もない。ややそれに近いのが『福永武彦全小説』という十巻の（エッセーなどを除いた小説だけの）全集で、これは

「愛蔵版」という立派な方の版をもらって今も手元にある。表紙はマーブル紙で、背と角は革。背文字は金箔押しだが、その色は褪せてほとんど空押しのように見える。本文用紙の「簀目入りクリーム書籍用紙」もたぶん普及版とは違う特別のものなのだろう。しかし造本は寒冷紗をつかった「くるみ製本」である。「編目ポプリン」貼りの箱入り。

この本を見ながらつらつら振り返ってみる。ぼくももう若くはないし、プロレタリアートとは名乗れない立場になった。父への反発の思いなどとっくに消えた。左翼というかリベラルというか、いずれにせよ資本家の側には身を置いていないが、それでも趣味的な本を一冊くらい誂えていいのではないか。せっかくこの町に住んでいることだし。

歯切れの悪い言い訳は措くとして、ぼくは毎日パン屋への往来の時に通るこの店の主ビボスト氏の仕事振りを一度体験したいと思った。思い立ってから実行まではずいぶん間があったのだが、ともかく初夏のある日、フランス語になった自分の本を一冊持って、店を訪れた。

ビボスト氏の応対は注文で服を仕立てる時によく似ている、と言いたいところだが、着るものについてそういうことをした覚えがとんとない。ともかく、本を見せ、意図を説明する。

彼は気持ちよく応対してくれて、まずは形と素材を選択する。丸背でタイトバック。背は革で、表紙と見返しはマーブル紙。革の種類と色を選び、マーブル紙を選ぶ。どちらも見本帳には数十点が並んでいるから、ずいぶん迷った。

元の本は今時の簡略な造本である。折さえない無線綴じ。ビボスト氏はその部分を裁ち落としてバラバラになった紙の束をかがるのだという。その上で寒冷紗は使わず、背綴じ紐による本格的な造本をする。だから背には水平方向にその紐を収める突起が生じる。

一夏を経て、ぼくは注文の品を受け取りに行った。見事な出来だ。細部まで行き届いた、いかにも腕のいい職人の仕事。背文字の箔押しもくっきりと美しいし、革にローラーをかけて光沢を出した部分とシボを残した部分の対比もいい。背の上端、マーブル紙との継ぎ目、花ぎれと接するあたりのかちっとした仕上げなどほれぼれする。本文用紙が白っぽすぎるのは提供したこちらの責任だからしかたがない。全体として重さが百三十グラム増えていた。

ビボスト氏は美麗な古書の商いと装幀の両方を営んでいる。週末はパリでもっぱら特装の古書の販売だけをして、週日にこちらで本を作るという。実際、こちらの店内にも古い立派なほれぼれするような本が陳列されて買い手がつくのを待っている。

ぼくの小説が果たしてこの工芸的な装幀に値する内容であるかと問うことはやめておこう。ともかく綺麗なものが、世界でただ一点の本が、手の中にある。それを喜ぶことにしよう。

冥府に渡って二十七年になる父がまた苦笑したような気がした。

II

フォークナーの時間と語り

『フォークナー全集26・短篇集Ⅲ』(冨山房)解説 1997・10

〔はじめに——フォークナーの作品における時間や語りの手法についてはすでに多くの論文や解説が出て、少なくとも専門家たちはよく知っていることなのだろうと思う。それをここでまた素人としての無知と稚拙を承知の上で論じるのは、ぼく自身にとってこれが相当に重要な問題であり、その種の論文はおろかフォークナーのテクストをさえ精読はしていない身である以上、少なくとも一度は他に頼らず自分で考えてみることがどうしても必要だと思ったからにすぎない。敢えて言えば、どんどん非フォークナー的になっている今の時代には、このくらいの我が儘と向こう見ずをもって読むのでないとフォークナー文学は本来の機能を発揮してくれないのではないだろうか。〕

この巻には、フレム・スノープスがバックというテキサス男と一緒に斑の野生馬をたくさん連れてジェファソンに帰ってきた際の騒ぎを扱った未完の作品「父なるアブラハム」が入っているが、この話はその後、未公刊の短篇「死の床に横たわりて」、および「斑の馬」、さらに未発表の短篇「アリア・コン・アモーレ」などで新しく書き直されて、最終的には長編『村』の中の一つのエピソードという位置に収まるのだから、同じ話をフォークナーは（現存している断片的な原稿を入れれば）五回以上書いたことになる（「死の床に横たわりて」というまぎらわしいタイトルの短篇は事件そのものの記録ではなく後日譚であるが、密接に関わっていることはまちがいない）。未完に終わった「父なるアブラハム」が書かれたのはフォークナー二十九歳の時（一九二六年暮れか二七年初め）、「斑の馬」はその四年後、『村』が完成するのは十二年後のことである。なぜ彼はそんなに長い歳月を掛けて同じ話を何度も書いたのか。

似たような例をもう一つ挙げよう。「親分」の中に、「一家総出で、一年のうち九か月裸足のまま働くような手合い」の出自であるダル・マーティンという男の少年時代の逸話が一つ出てくる。近所の大きな屋敷に伝言を持っていったところ、正面玄関でその家の主に、用件は裏口へ回って黒んぼに伝えろと命じられたのだ。彼はそのあしらいに憤慨して伝言を伝えることなくその場を去るが、やがて長じて十字路にある店の経営者になり、奮励努力して都会へ出ると禁酒法を利用して大儲けして、「四、五エーカーのスペイン風の屋敷」を買い込む。そして、本人の言葉によれば「貧乏を抜け出し、いつも靴を履いていることができるようになり、そして望むならば五十足もの靴を一度に所有することができ、しかもそれ以上に一足も履きたくなくなるような身分にまで達」するのである。読者はこの門前払いの話を読んで、当然『アブサロム、アブサロム！』の有名な逸話を思い出す。そこではダル・マーティンはトマス・サトペンになっており、彼は別の方法で資産を作って大きな屋敷を建てるのだけれども、そのきっかけになったのはやはり大きな屋敷へ伝言を携えて行った時に「彼が自分の用件をいわないうちに二度と正面玄関にはこないで裏口にまわるようにと黒人が自分に命じたこと」なのである。おまけに、十字路にある雑貨店というのは零落したトマス・サトペンの最後の商売でもあった。その他にも『アブサロム、アブサロム！』の中のトマス・サトペンの死の事情はそのまま短篇「ウォッシュ」に先取りされているのは周知の事実だし、同じような例は実に多いのだ。

なぜ一つの逸話を何度も語るのか。普通ならばこういう書きかたはあるテーマを完成にもってゆくための不断の努力と解釈されるし、それはそれで正しいけれども、これはテーマと呼ぶほどのものではなくエピソードにすぎない。むしろ他ならぬフォークナーの場合にはここに、過去というものについての彼の特別の思想が強く働いているように思えるのだ。現代のわれわれは客観主義の歴史観を信じるふりをしている。つまり、過去というものは正確な記録を通じて確定されうるものだと考えている。アメリカ合衆国は間違いなく一七七六年に独立宣言を発表したし、リンカーン大統領は一八六五年四月十四日にワシントンのフォード劇場で暗殺された。こういう事実に間違いの入る余地はない。しかし、過去というのは本当にそんなに確実なことだけから成っているのだろうか。

ここにぼくはわざと数字の混じった項目を二つ並べたが、それは数字というものが当の事件をいかにも厳粛な事実に見せるための演出の道具であるからだ。文字によって書かれた歴史についても同じことが言える。書物の中に書かれた過去を人はまるで過去の事象そのものが自ら筆を執って書いたかのごとく信じる。だが、本当の話、数字やら文書の形になった記録やらで確定できるのは、過去というもののほんの一部にすぎないのだ。本来、人間の精神にとって、過去というのは実に曖昧かつ部分的なものであって、揺らいだり、他の事実と混同されたり、次第に薄れていったりする記憶の体系の中にある。書物の中にあるのは何千人もの人々にとって共通の過去でしかない。個人一人ずつの切実な過去はそれぞれの記憶の中にしかない。

そして、そういう過去の像を引き出すために必要なのは本を読むことや事典を引くことではなく、じっと坐って思い出すことである。一人の思い出ならば一人で考えて感慨にふけってもいいが、共同体を形成する一群の人々に共通の過去を思い出すのならば、それは語らなくてはならない。語るに値することだけがみんなの記憶に残る。そういう選択的な過程を経て、自分たちの過去の像が作られる。印象的なことはくっきりと後まで残り、どうでもいい細部、日常的にくりかえされるようなことは次第に忘れられる。全員の記憶にはっきりと残るような事件はその後何度となく語りつがれるだろうし、その共同体の大事な柱になるだろう。記憶が次第に薄れ、他と混じり、曖昧になりながらも逆に更新されたり再生産されてゆく過程にこそ、過去を人間的に再構築する作用がある。

日本語には、語りぐさというよい言葉がある。将来も何度となく語られるであろう印象的な出来事（広辞苑がこれを単に「話の種」としているのは決定的に説明不足だ。岩波国語辞典の「後後までも人の話のたねになるような事柄」という方が正しい。ただし用字については、岩波国語辞典の「語り草」ではなく広辞苑の「語種」の方が妥当なのだろう）。個人としての人間の過去を形づくる素材は、家族の中で、あるいは集落の中で、また最近ならば特定の理由で集う一群の人々の間で、何度となく語りつがれ、そのたびに微量の間違いを織り込みながら更新されてゆく、その語りの言葉である。新聞やテレビや書物が伝えるのはすべて遠方の言葉にすぎない。それがどれほど虚しいかは、われわれがよく知っているところだ。

フォークナーが何度も語るエピソードというのは、つまり彼の世界の過去にとって重大な事件、重大であるためにみんなの記憶に残る典型的な「語りぐさ」なのだ。彼の小説はみな曖昧で難解な語り口で知られるが、その一方、気がついてみればどれもこれもおもしろくて、ドラマチックで、うっかりするといかにも通俗的な話になってしまいそうな事件を核にしている。「納屋を焼く」や『死の床に横たわりて』（長篇の方）における放火、「ウォッシュ」その他何件もの殺人、『八月の光』のリンチ、『野性の棕櫚』の大洪水、『標識塔』の飛行機事故。数えればきりがない。今の社会が新聞の社会面や、テレビならば暇な主婦たち相手の見出しばかりがセンセーショナルなワイド・ショウの類でしか伝ええない種類の事件である。

そのような扱いでは事件は抽象化され、消毒の過程を経て、すっかり無害なものになってしまう。しかし、「あの夕陽」の子供たちは、脅えたナンシーのふるまいとその後に実際に起こった事件を、世間を知らない子供だったゆえに、それこそ死ぬまで覚えているだろうし、何度となく語り合うだろう。「エミリーへの薔薇」の事件の後、町の人々は彼女の死後その家で見つけたもののことをいつまでも話しつづけるだろう。「紅葉」の場合はもっと明快で、二人のインディアンは前の頭であるドゥームが死んだ時のことを正に語り合いながら、今回のイッセティッベハの葬式の進行を論ずるのだ。つまり、ここでは語り合うことで過去は現在の場へ再び侵入して、そこにおいて自分自身を更新するのである。そういう作業の蓄積の上に、主観的に正しい彼らの過去の像が作られる。

このように何度となく語り合われる事件、後に語りぐさになる一件とは、その発生直後の段階で言えばつまりゴシップである。互いに顔と名前を知っている一群の人々の間で、その構成員の誰かの行状について語られる噂話。今の時代は真の共同体というものが失われて、そのかわりにテレビや週刊誌が作る有名人システムの贋のゴシップが横行している。しかし、本来ゴシップというものは知人についての噂である。小さな村とか、パリならば社交界とか、恐龍の骨を発掘する研究者たちとか、新興宗教の地域的なサークルとか、そういう限定された馴染み社会の中での伝聞なのだ。

小説の起源を神話に求める説は有力だが、よく考えてみると神話というのは実は神々についてのゴシップではないか。ゼウスが人間の女を追いかけ、ヘラは嫉妬してその女を雌牛に変えた。ジークフリートは龍の血を浴びて不死身になったけれども、背中に一箇所だけ木の葉が張りついていてそこだけは血に濡れなかった。コヨーテは鳥たちと目玉を投げて眼窩で受け止めるというゲームをしていて失敗、目玉を失い、代わりに松脂を丸めて目にはめこんだ。今もコヨーテの目がみっともなくて視力もあまりないのはそのせい（ナヴァホの神話）。神々や英雄やトリックスターのコヨーテはその神話が語られる共同体の全員にとって知人である。共同体がそういう共通の超越的な知人を必要とするからこそ、神話は作られる。この作るという動詞の意味は、弓を作ったり畑を開墾したりする場合の作るとはずいぶん異なっていて、本当は「作る」よりも「生まれる」という動詞の方にずっと近い。神話を必要とする心が、お互いの語り合いの中から神話を生み出す。語ることがすべての基本にあるのであって、人の口から言葉となって出ないものはまだ神話ではない。

テキサス人が連れてきた野生の馬の話。先に書いた「父なるアブラハム」以外の二つの未発表短篇を読んでもっとも目立つのは、語りかたが三つの間でずいぶん違うということである。「父なるアブラハム」では作者はストーリー展開の場を上から見下ろす超越的な、いわゆる神の視点を持つ報告者として、この物語を語る。神の視点というと、彼にすべてが見えているという点がついつい重視されるが、この手法で本当に大事なのは彼の言うことがすべて絶対の真実となってしまうことである。視点の問題はこの絶対性の前ではむしろ小さなものだ。

「ユーラのほうは、ポーチのブランコに、ひたすら豊満に、怠惰に揺られて、男たちをわけへだてする様子は見せなかった。日曜の午後は、熱気で人々を萎うつつにさせて過ぎていった。ユーラの磨きあげられ香水をふりまいた肉体の放つ香りは、一週間の筋肉労働を終え、翌朝から始まる次の一週間を前にした若者たちにとっては、この上なく甘美に感じられた。」ここで作者はユーラの側に立つのではなく、また特定の若者の心の中からユーラを見るのでもなく、要するにこの状況そのものを一点の疑いをはさむ余地も読者に与えずに、そのいわば報告の権限を独占した上で、特権的に記述しているのだ。しかし、実際の歴史にはそういう特権的な記述者がいるはずはない。ある種の権力によって背後を守られ、権力者にとって都合のいい歴史を書くべき立場にある御用学者だけが、そのような強圧的な姿勢で「事実」なるものを文章化する。そこまで否定的に見ずに、この種の記述にはそれなりの機能があることを認めるべきだろうか。それでも、一人一人の人間にとっての過去、あるいは目前で起こっていることをその精神が受け取るのになるべく近い形で文章にするという場合には、この方法は受け入れがたい。小説の方法として安直なのである。もちろんこういう方法で書かれた小説は山ほどあるし、実際には現在世に問われている作品のほとんどは記述者の立場についての根源的な疑問などまったく無視して、最初からこれが小説の方法であるかのように書かれている。しかし、フォークナーにとっては正にここに問題があったのである。

そういう思いを抱いて、そのまま次の「死の床に横たわりて」の語り方を見てみる。これは「父なるアブラハム」とはまるで違う文体で書かれている。ジェファソンの町角で事件の後で聞かれた会話をそのまま、一切のト書なしに、記したものだ。この方法はある共同体の雰囲気を読者に伝えるにはなかなか有効である。登場人物たちの宥和的で、微妙な優越感と劣等感が入りまじって、しかも全体をユーモアが包んでいるような関係を表現するにはこれが一番いいかもしれない。「この三、四日ってもの、わざわざシュラットまで登場しなくたって、このあたりをうろつく馬鹿にはこと欠かなかった」というような台詞、この共同体全体の事件に対する反応や、余裕のある自嘲の姿勢で語る人々の、おかしみに満ちたその場の雰囲気は実によく伝わる。しかし、この方法には決定的な弱点がある。事件そのものを書くことはできないのだ。現在進行形で起こっている事件は会話では書けない。ト書はないけれどもこれはいわば芝居の台本である。舞台ならば事件そのものを再現して見せることもできるが、台本だけでは独立した小説としては成立しがたい。これは結局のところ、事件が終わった後、コメントが可能な段階に達した時を描くための方法にすぎないのだ。

そうしてわれわれは三つ目の作品「斑の馬」に至る。ここでは話はシュラットという、どちらかと言えば傍観者の立場にあった人物がずっと通して事件の全体を自分の言葉で他人に語るという形になっている。文字どおり、物語である。一人の人物の主観を通したから客観的事実がそれによって浸食され価値を減じたと考えてはいけない。そのような客観的な事実などはじめからないのだ。なにかにつけてわれわれは現代という時代に特有の奇妙に現実主義的な考えに身をゆだねがちで、ついつい主観や印象を超える事実というものがあって、それが現実を形成していると信じる。しかし、目の前で起こる事件はそれを見ている者の目を通して、頭の中の理解と判断を通して、はじめて認識される。そして、誰の理解も他を圧倒する正統性を有してはいない。事件を前にした時の各自の理解はそれぞれに平等の資格をもって後の日に伝えられる。曖昧は最初の認識の段階から不可避的にあるのであって、それを減らすために各自の記憶のうちの共通のものだけを選んで残りを捨てるという科学的な方法は、結局はある事件というものに対する人間的な記憶の大半を捨てることを意味する。客観性とはわれわれの日々を構成している多彩な事象の骨格だけを残して、もっとも豊満な部分を捨て去ることなのだ。だから、フレム・スノープスの斑の馬の事件を生き生きと読者に伝えるには、どうしてもシュラットという一人の人間の視点からすべてを再構成しなくてはならないのである。

シュラットは神の視点をもって上から見るのではない。地上を他の人々に混じって歩く人間にすぎないから、たとえばユーラがどれほど強い官能的な魅力をもっていたかを直接に語ることはできない。彼自身がその魅力に惹かれたことはなかったのだろう。だから、彼はユーラのことを「このあたりによくいる、大柄な、ふっくらした娘で、くすくす笑うところなんか耕したばかりの開墾地みたいだった」と報告した上で、日曜日に彼女の家の周囲に群がった若者たちの生態を書き添えるのである。そして、この方法によってこそ、事件の具体的な進行と、村の人々のこれに対する対応を、その場の雰囲気もすっかりそのままに、読者に伝えることができるのだ。この斑の馬の一件はいかにも血の匂いが強く立ち昇りがちなフォークナーの事件とは異なって、アメリカ的なトールテイルの伝統を踏まえた愉快な話で、おそらく後になって関係した面々はそれぞれに真面目な顔で、しかし心の中では含み笑いをしながら、何度となく語り合ったことだろう。そのようにして事件は彼らに共通の一つの過去の指標となってゆく。起こっている瞬間から伝説に変化してゆくまでの過程をそっくり文章にする装置として、このシュラットの語りは実にうまくできている。

(フォークナーがそれに満足せずに、これをもう一度書き直し、三倍ほどにふやして『村』の中に収めた経緯についてはここでは触れない。それによって斑の馬をめぐる物語がまた一段と深みを増しておもしろくなったことは事実だが、それはここでぼくが述べたいと思っている人間と時間の関係や人の精神にとっての過去というものの意味とはまた別の視点から論じなくてはならないことである。おまけに、同じ人々と土地を扱った『町』になると全能の語り手という『村』の視点がもう一度解体され、多くの登場人物の語りの束として作品が構成されているのだ。それもこの文章の範囲を超える問題としておこう。)

主観によって過去を形成するのが人間的な方法であるとしたら、そこにいわゆる事実としては間違いということが紛れ込むのはしかたがない。だからこそフォークナーは決して登場人物一覧や年表の類と張り合わないのだし、あるいは読者の方もそういうものを作りながら読んだりしてはいけないのかもしれない。晩年の彼はそういうことにばかり目の行く批評家連中から数字が合わないなどと余計なことを言われて、人物の生年を少しずらしたりしたが、彼の世界は本質的にこういう不整合を抱え込んでいるのだ。シュラットの名が途中でラトリアに変わった事情については、フォークナーは「シュラットという名前の男が家に尋ねてきたことがあるから」と説明している。いくつもの作品に登場する人物の名が途中で変わってしまうことは少なくないし、作者がそれに説明を加えないことの方が多いのはよく知られている。また、ある事件が起こった時に関わった人物の年齢が他の事件との間でずれを生じるということもまた珍しくない。要するに作者はそんなことはどうでもいいと思っているのだし、語るべき重要なことは他にもっといくらでも、それこそ彼の生涯をもってしてはとても足りないほどあると、信じていたのである。

過去の総体をすっかり思い出して再構成するという大事業に比べれば、その細部の時間的なつじつまを合わせるなど、なんとも小さいことではないか。近代に至って誰も彼もが世の中を無意味な殺人に満ちたうすっぺらなミステリーのように読み解きたがり、その結果、小説家の間でさえアリバイ合わせとアリバイ崩しばかりが横行する中で、フォークナーは堂々と人間本来の物語を語りつづけた。そのさまはまるで彼が創作をするのではなく、何か自分の記憶の中にある厖大な歴史のすべてをさまざまなやりかたで思い出そうとしたかのような印象を与える。その点についてクロード＝エドマンド・マニーは「フォークナーの小説――特に初期の作品は、他人が読んで楽しむようにつくられた物語というよりは、むしろ、子供がするように、自分自身に向かって語られるようなお話である。こういうふうに考えると、フォークナーがあれほど、作品をわかりやすく、いや簡単に言って読みやすくすることにほとんど努力を傾けなかった理由も納得されるのだ」と言っている。

つまり、フォークナーの記憶の中には最初から語るべき物語が、もちろん未整理のまま、大量に入っていたかのごとくなのだ。彼の語る話が一八九七年という彼の生年をはるかに遡る時代からはじまっている以上、また二十世紀の南部に生まれて普通に育った青年がその地域全体の歴史全体に通暁しているはずはない以上、ヨクナパトーファ・サーガはあらゆる意味で彼の創作である。現実のオックスフォードと架空のヨクナパトーファの間には細部に多くの違いがあっただろうし、あるいはもしも町に人格があったらオックスフォードは、ちょうどモデルを持つ小説のそのモデルが登場人物となにかと比較されて嫌な思いをするように、架空のジェファソンと比べられることを厭うたかもしれない。それでも、フォークナーが普通の人生の長さを超越した不死の語り部であるかのように語りつづけたことは、現代人に通じる言いかたをすればそういう姿勢で創作を続けたことは、否定のしようがない。だから、仮にすべてが彼の中には最初からあったのであり、彼はそれを思い出しながら語ったのだとしてみよう。そうすれば、なぜ彼が同じ話を何度となく語ったか、それも最も効果的な、聞いている者にも自分にもその事件の実際の強烈な印象をそっくり伝えられるような語りかたを求めてすこしずつ方法を変えながら語ったか、その秘密が少しはわかるというものだ。

昔からわれわれはいつでも記録を整理しなおして時の流れに従う形に書きなおされた歴史を与えられてきた。ものごとが起こる順序に沿ってすべては説明される。イギリスで迫害にあった宗教難民たちが船で大西洋を渡ってアメリカ大陸に到着した。そして、彼らはそこに国を造り、そこへもっと多くの人々がヨーロッパから渡ってきた。そして、インディアンを制圧しながら西へ西へと進み、その結果今見るようなアメリカ合衆国ができあがった。こういう順序で、つまり「そして」によって結ばれながら、語られるのが歴史であると疑う余地もなく思ってきた。しかし、人間の精神の中にある過去の像は決してこのような合理的な形をしてはいない。最初にあるのは今の自分たちの姿、住む土地のありさま、顔なじみの人々である。そこから出発して、それらの人々の親とか、町が今見るようになる前の姿とか、あの大きな市役所ができる前にあそこに建っていた小さな教会とか、そういう風に時間を遡行することで過去の像は描かれてゆく。個人にとって過去は常に遡行的である。父に向かって子供時代を問い、祖母に向かって自分の頭では想像もできない遠い時代のことを聞く。その話の中に祖母の祖母の思い出が唐突に登場し、そのようにして人から人へ、時代から時代への系譜というものが作られるとわかる。子供の世界観・時間観はそのように構成される。

人間の主観を中心に据えるならば、このような時間観の方が正しいのである。現代の社会では人間は個人であることを大幅に制限され、全体の一部という立場を強要されて、あたかも自分という存在が全体を客観的に見下ろす場所にいるかのような錯覚を余儀なくされている。それから自由になって、再び主観の過去を取り戻すためのもっとも有力な道具として、例えば文学がある。

ここで、先ほどからぼくが論じてきた二つの重要な方法が共に採用されている作品として『アブサロム、アブサロム！』を考えてみよう。二つの方法とは、個人の視点からの語りと遡行する時間である。この二つの方法によってフォークナーは人間にとっての過去、人間にとっての世界をわれわれの感覚のとおりに描ききった。それ故に、これは何度読んでも、何度論じても足りないだけの奥行きのある作品である。物語は現在の時点での語り、聞き手としてクェンティン・コンプソンを用意した上でミス・ローザ・コールドフィールドが語る過去、クェンティンの父が彼に語る過去、そして、語り手の側にまわったクェンティンが全体を整理しながら南部をまったく知らないカナダ人であるシュリーヴ・マッキャノンに語る物語。章を追って先に進むにつれて、ちょうどさまざまに変わりゆく風景の中を車で進むように、物語のパースペクティヴは変わり、語られる一つ一つの事件の背後が見えるようになり、それがまた別の事件の説明になって、それ以前にあった別の事件を指し示す。ミス・ローザ・コールドフィールドは実在してクェンティンの前にたしかにいるが、話が過去へ上ってゆくにつれて物語の細部の現実感が薄まり、その分だけ神話的な、おぼろである分だけ偉大な、人々の像が朦朧と立ち現れる（まさに loom するのだ）。書物などでどうでもいいような国家の歴史を無理に教えこまれる前、われわれが周囲の大人から聞いた過去はいつもこのような姿をしていた。先ほどゴシップという言葉を定義する際に、互いに顔見知りの人々の間の噂と言ったが、書き言葉によって普遍化される前の特定の個人の歴史はいつでも登場する人間たちの具体的な顔を持っていた。正に顔見知り同士の間で成立してきた歴史であった。

フォークナーのこういう資質を最も豊かに受け継いでいく現代の作家としてガブリエル・ガルシア＝マルケスの名を挙げておこう。彼自身がフォークナーの影響を認めているのは広く知られている。順序としては逆になるがフォークナーの例えば「四、五年もすりゃ、やつらは雌牛やら犬やらフクロウやらアナグマやらなんやらとつるんで、どんどん仔を生みはじめる。この土地も立派になるってもんよ」というユーモラスで超自然的な文章の中にいかにもガルシア＝マルケス的なものを見出すこともできるのだ（この一節は短篇の方の「死の床に横たわりて」にある。ここで言う「やつら」とは斑の馬の群れのこと）。マルケスの世界ではそういうことは実際に起こってしまう。マコンドでは雨が四年十一カ月と二日の間ずっと降りつづくし、偉大な人物が死んだ時には空から黄色い花が「一晩じゅう町の上に振りそそ」ぐのである。また、とっくに死んだと思われていた者が廃屋の中で生きていたという話はフォークナーとガルシア＝マルケスが共に書いている（前者の方はもちろん『アブサロム、アブサロム！』のヘンリー・サトペン、後者は『百年の孤独』のレベーカ）。

しかし、そういう表面的な類似を超えてガルシア＝マルケスの中に本当に深い影を落としているのは、フォークナーの時間論の方である。ガルシア＝マルケスが時間を重視していることは、彼の代表作が『百年の孤独』とそのタイトルの中に時間を表示していることでも明らかだ。しかし、ここで百年という数字で表現された時間は実は象徴的ないし逆説的なものにすぎない。いわば数多くの商品を売る店を百貨店と呼ぶようなものであって、百年は長い歳月ではあるが決して永遠ではないという時間の長さ、個人にとっては永遠のように思われ、家系にとっては逆に短さの具体性を備えた、つまりはずいぶん主観的な時間なのである。だからガルシア＝マルケスにとっての本来の時間感覚は例えば次のようなものだ――「昔は、一日じゅう動物の飴細工に精出したあともまだ、子供たちの面倒をみ、その白目をのぞいて蓖麻子油を飲ませる必要があるかどうかを調べる余裕があった。ところが今では、これといった仕事もなくて、朝から晩までホセ・アルカディオの面倒を見ているだけなのに、性悪な時間のせいで物事がいっこうに片づかなかった」。こう感じているのはこの物語の中でもっとも長く一族を統括する家刀自ウルスラである。暦も時計もなくコロンビアの辺境の地で悠然と人生を過ごしてきたウルスラにとって、時間は自分の感覚のままに流れるものなのである。そして、今世紀の文学において近代の数学的客観主義にまどわされない人間本位の時間を描いたのがフォークナーであり、このガルシア＝マルケスなのだ。

昔、ぼくはなぜ作家が小説を書けるのか不思議でならなかった。頭の中にある不定形のもやもやとした曖昧な、そしてそのままでこそ魅力のあるものを紙の上に書いて定着させてしまう不安に作家はいかにして耐えるのか。もちろん生来愚鈍でそういう不安をまったく感じないような連中は最初から論外としよう。書かれる前にはすべてが微妙な色合いを保って優雅にゆれ動いているものを、書くことによって一つの色に決定してしまう。そこで失われる諧調を惜しんでいたら、筆は進まない。そこのところのあまりに原理的な矛盾をどう乗り越えるのか。それがどうしてもわからなかった。

曲がりなりにも書けるようになったのは、その時々世に問う作品はすべて仮のものであり、一つ一つで足りなかったり、言いまちがえたり、筆に乗りきれなくて捨てたりしたものへの無限の未練をそのまま次の先への力にするということだった。書きつづけることが何よりも大事なのだ。そういう意味で、フォークナーはかぎりなく偉大である。書きつづけ、語りつづけることにこそ彼の力がある。物語は彼の中からいくらでも湧いて出るように見えるが、それは自然に湧くわけではなく、彼の強い意志によって駆動される想像力から生まれるのだ。彼がすでに書いた作品に対してほとんど興味を示さず、時には自分の著作が手元に一冊もないこともあったという感動的なエピソードはそう解釈されるべきである。小説を書いた者が作家なのではなく、書いている者が作家なのである。バックとフレム・スノープスが斑の馬の群れを率いてやってくる情景が彼は大好きだったのだろう。それを何度でも語りたかったのだろう。そして、試みるごとにもっとよい語りかたがあると思って、時間をおいてはまた同じ情景を語ったのではないか。先にぼくは同じ話が何度も書かれたのは、個人の記憶によって過去を語るという彼の姿勢、語りぐさを中心に物語を作るという方法の故だと書いた。しかし、こうして考えてみると、やはり彼はその物語にもっともふさわしいやりかたで語ろうと模索しながら何度となく書いたという気がしてくる。別に理由を一つに限定する必要はないだろう。フォークナーはひたすら語りつづけることによって最後まで作家であったのだ。ノーベル賞の受賞スピーチにある彼自身の言葉を借りれば、書きつづけるという姿勢を通して、彼は endure しただけでなく、正に作家として prevail したのである。

『フィンランド駅へ』を読んだころ

「出版ダイジェスト」1999・6

若いうちというのは自分が何をすればいいのかわからないままに、ただ焦ってうろうろするばかりだった。今になるとそういうことがよくわかる、と書きながら、やれやれ自分もこんなことを書く歳になってしまったかと慨嘆する。若い間は意欲があって、それを入れる形式がない。老いてくると意欲もないままに形式に追われる。それでも、あの頃はよかったとは思わない。今の方がずっといいのはわかっているのだが。

エドマンド・ウィルソンというアメリカの批評家のもので最初に読んだのが何だったか、たぶん『傷と弓』だったのではないかと思うのだが、どうも確信がない。一九七〇年代の前半、ぼくはけっこうこの人に夢中になっていた。『イロコイスへの弁明』も『憂国の血糊』も『アクセルの城』も『私の歯の間のハミ』も『ヘカテ郡の回想』も、精読したとは言わないがともかく手元にあった。鋭利な理論を構築するタイプの思想家ではなく、幅広い教養人で、その幅と奥行きが尋常でないという感じ。

前の奥さんが『グループ』を書いた作家のメアリ・マッカーシーで、現在の奥さんがロシア系で、それかあらぬか彼はロシア語にずいぶん自信があって、ナボコフとの間でプーシュキンの英訳をめぐって文体論的な論争をした、というようなゴシップも知っていた。

批評家を必要とする年頃だったのだろう。つまり、乱読を重ねて頭の中が混乱していたから、それを整理してくれる指針が欲しかった。それがあの時はエドマンド・ウィルソンであり、篠田一士であり、批評家としての、つまり『梨のつぶて』の、丸谷才一であった。

そのエドマンド・ウィルソンの中でもいちばん夢中になって読んだのが『フィンランド駅へ』だった。これは社会主義思想史である。アメリカの批評家と社会主義という組合せにまず引き寄せられた。組合活動以外にアメリカ人が社会主義について考えることがあるのか（あの頃はまだカート・ヴォネガットは出現していなかった）。しかも、書いたのは『アクセルの城』などでヨーロッパ思想の扱いに長けたエドマンド・ウィルソンである。

最初、タイトルがわからなかった。日本やイギリスでは駅の名はその駅がある地名をとってつけられる。上野にあるから上野駅。しかしヨーロッパ大陸ではそこから出発する列車の行く先が駅の名になることがある。パリの北駅というのはパリの北部にあるからそう呼ばれるのではなく、フランスの北部に行く列車が出るからその名になったのだ。

同じ理由で、ペトログラード（後のレニングラードで、その後また名前が少し戻ってサンクト・ペテルブルグになった）にある西行き国際列車が出る駅はフィンランド駅と呼ばれた。

レーニンが有名な封印列車に乗ってスイスから戻り、フィンランド駅に降り立つまで、つまり、社会主義思想がロシアという国で政権を握って具体化するまでの歴史を書いたのがこの本である。これがエンゲルスが「空想的社会主義」と呼んだサン・シモンとフーリエとオウエンからはじまるのなら教科書どおりだが、最初はミシュレなのだ。このあたりでもう深間にはまり込んだ。自分の社会主義観の基礎にしようと思った。

ぼくはあのころの学生運動にひととおりの共感は持ちながらも、組織間の権力闘争に明け暮れる騒然たる雰囲気にうんざりしていた。そこに入っていく気にはとてもなれない。

しかし、岸から佐藤にかけての保守反動政治や、ベトナム戦争や、公害企業や、「富める国と貧しい国民」の矛盾を考えれば、対抗するためには社会主義に拠るしかない。だが現実の社会主義は混乱と無力以外のなにものでもなかった。

どこが悪いのか。どこで間違えたのか。それを知るために社会主義の歴史を辿りなおしてみたい。しかし公式左翼の歴史書に明快な答えはないだろう。なぜなら、それがあれば今の左翼はこんな風ではなかったはずだから。そういうところに『フィンランド駅へ』が登場した。惹かれるわけだ。

一つの思想が時代の中で生まれ、優れた頭脳から頭脳へ転々とするうちに大きくなり、一層いいアイディアが持ちこまれ、一部が取り壊され、建て増しが行われる。そうやって育ったものが、やがてはその上に現実の国が建てられるほどの堅固な土台となる。

実際にはそうはならなかった。ソ連崩壊後の今となれば明らかだが、社会主義の理想を支えられるほど人間は倫理的ではなかった。人は自分の利のために働くのであって、社会のためという高邁な理想のためではない。社会主義は官僚主義に堕さざるを得ない。『動物農場』にならざるを得ない。

それでも、一つの思想が構築されてゆく過程は美しかったのだ。レーニンがフィンランド駅頭に降り立つまで、それはスリリングな知的冒険だったのだ。しかしながら、国家的な社会主義は結局失敗し、人間が知的営為によって自分たちの運命をよい方に向けられるか、人にはその能力があるかという大きな問いは否定された。

ぼくはこの本に入れ揚げたあげく、無謀にもこれを訳そうと試みた。篠田一士さんにあってその話をして、励まされた。でも、実際の話、生活のための翻訳に追われる日々に、この大著を訳す余裕はとてもなかった。また、今振り返ってみれば、これを正確に訳すだけの英語と日本語の能力も、背景となる知識も、なかったはずだ。

翻訳というものは早いもの勝ちだから、悪い訳が出てしまうといい訳の出る余地がなくなる。だから、あのときぼくは無理して下手な訳を出さなくてよかったと思う。恥をかかないで済んだ。今回の岡本正明さんの訳を拝見しながら、懐かしくも恥ずかしいような複雑な気持ちになるのは、そういう長い経緯があるからである。

人間に関することすべて

『ユリシーズⅣ』（集英社文庫）解説 2003・12

いったい誰が『ユリシーズ』を読むのだろう？

世界文学の名作だということになっているけれども、本当の話、これはものすごく読みにくい小説である。

どこがどう名作なのか、なぜ読みにくいのか、始めに戻って考えてみよう。

世の中には入りやすい小説とそうでない小説がある。例えば、『アンナ・カレーニナ』はとても入りやすい。「幸福な家庭はすべて互いに似かよったものであり、不幸な家庭はどこもその不幸のおもむきが異なっているものである」（木村浩訳）という有名な書き出しから展開されるストーリーは具体的かつ詳細で、夫の浮気が露見した直後の家庭内の混乱、といういかにも想像しやすい状況を読者に提示し、読者の共感を確保しながら進む。しばらくあってヒロインであるアンナがおもむろに登場する。この既婚の美女はたくさんの魅力で飾られているから、読者はなんとしても話の続きを読みたいと思う。

同じ十九世紀ロシア文学でも『カラマーゾフの兄弟』の場合は入口でちょっと抵抗感がある。こんな人々のことをなぜ語るかという作者の言い訳が最初に置かれている。そこを越えて話が始まってからも長々とした議論や口論が続き、読者は流れに乗るまでいささか苦労する。ある意味でこの小説は誰が殺したかという謎を巡るミステリなのに、殺人がなかなか起こらない。それでもしばらくすると作者は読む者をしっかり捕らえるし、間違いなく最後まで連れてゆく。

小説の作者にはそれぞれ語り口がある。訛りのある話し手のようなもので、聞き取りにくい場合もある。先の例で言えば、トルストイは標準語でわかりやすい。それに彼は情感を込めて、ちょっと大袈裟に語る。ドストエフスキーの口調には独特の癖があってはじめは聞き取りにくいが、慣れてくると引き込まれる。

こういう十九世紀の例の脇に置くと、『ユリシーズ』に没入するのはむずかしい。章ごとに文体が変わるのは次々に異なる訛った話者を相手にするようだし、その語りは時にはでたらめに選んだ新聞記事を朗読するみたいだし、時には俗っぽい歌になり、読者にとっては縁遠い話題についての果てのない議論になり、最後には女のつぶやきになってしまう。聞き手の当惑など知らぬ顔。

この小説には『アンナ・カレーニナ』のようなドラマチックな筋はない。姦通の話であるけれど、誰もアンナのように思い詰めはしない。たった一日の話という設定だが、この日に何か大事件が起こるわけでもない。ブルームとスティーヴンとモリーという三人の主人公にとってごく普通の日。それにこの三人はどちらかと言えば凡庸な市民であって、ミーチャやイワンやアリョーシャのように際立った性格の持ち主ではない。

この日本語訳にはたくさんの訳注が付いている。『アンナ・カレーニナ』にも訳注はあるが、『ユリシーズ』と比べると数が違う。というよりも、トルストイの小説の訳注は要するに訳者の親切だ。例を挙げれば、オブロンスキーとリョーヴィンが食事をする場面で、牡蠣の産地のフレンスブルクという地名に「ドイツの港町」という注があるけれど、もしなかったとしても読者はさほど困らないだろう。

しかし、『ユリシーズ』では注は必須である。翻訳であるがゆえに、つまり英語で読める者ならば知っていることを日本語の読者が知らないから付けるのではなく、もともと詳細な注解無しには読めないテクストなのだ。

これも具体的に言えば、「16　エウマイオス」の章の七一ページ、「あの船が……ぶつかった」というところに付けられた「一八五八年のマルゲリータ岩礁での事故」云々という注は、普通の読者が絶対に知っているはずのないアイルランド史の一項目だが、しかしこれはイギリスとアイルランドの複雑な関係を象徴するような事件であるから、この文脈を理解するには読者は知らなければならない。

『ユリシーズ』というのは本文と注がセットになって初めて機能する小説である。それは最初から明白で、だからこの作品はたくさんの普通の読者を得る前に、少数の専門的な文学の読み手である研究者によって分析され、解釈され、注を付され、論じられた。その成果の上にこの日本語訳もあるのだ。テクストは水平に流れようとするけれども、難解な箇所は注を要求する。注は垂直に立つもので、テクストの流れを妨げる。それに抗して読み進むだけの忍耐を読者は持たなければならない。

注がなければ読めない。そんなものを書いてぽんと世に投げ出したジョイスの無責任をぼくは追及したいところだが、しかし彼には次なる作品を書くという緊急にして重大な任務があったのだろう。だから、自分で注など付けなかった。彼自身が『ユリシーズ』には「非常にたくさんの謎やパズルを埋め込みましたから、わたしの意図したことをめぐって大学の先生がたは何百年もの間忙しく論議してくれるでしょう」と言ったというのは半分は嘘らしいが、彼だってここに書かれたことを作者の意図に沿ってすべて正しく理解できるような読者ばかりとは考えなかったはずだ。

作家の思いというのはねじくれたもので、作品を読者に理解して欲しいと思う一方、たとえ読者の理解力を超えても書きたいことをすべて書きたいと願う。そしてジョイスにあっては後の方の欲望が圧倒的に強かった。

テクストと注のセットで完成する文学作品が他にないわけではない。いちばんよい例はT・S・エリオットの長詩『荒地』で、あの場合は詩の部分と自注の部分が等価になっていた。まったく同じことが入澤康夫の『わが出雲・わが鎮魂』についても言える。この場合は作者は両者が等価ということをはっきり示すために、詩の部分を「わが出雲」と呼び、自注の方を「わが鎮魂」と名付けた。

ジョイスが読者に突きつけたのは、「読むとは何か?」という問いである。読みはじめて、登場人物の運命に一喜一憂し、やがて最後のページに至る。それが読むということだと信じているナイーヴな通俗小説のファンに対して、「読む」という知的行為はどこまでも拡張することができるとジョイスは言いたかった。そして、いくら行っても読み切れない実作を提出した。だから今もなお世界中の読書人が『ユリシーズ』を読み続けている。読みふけっている。

この自信は驚くべきものだ。『ダブリンの人々』や『若い日の芸術家の肖像』で一応の評価はあったとしても、『ユリシーズ』のような野心的な、つまり無謀な、小説が世に受け入れられない可能性のことを彼は考えなかったのだろうか。ある程度までこれに似た革新的な小説としてぼくはここでメルヴィルの『モビー・ディック』のことを思い出すのだが、あの場合は一八五一年に刊行されたのに、世に広まったのは一九二〇年代のことだった。その時になって優れた読み手たちが現れて忘却の淵から救い出したからこそ、今はアメリカ文学の最高傑作と呼ばれるまでになった。

文学史には読み手を得なかった『モビー・ディック』はないのだろうか？　誰かが書いた野心的な傑作が、最小限度の通俗性を備えていないために忘れられたという事例は、実は文学史には累々とあるのではないか。『ユリシーズ』がそうなる危険はなかったか。

では、そうまでして書かれた『ユリシーズ』という小説とはいったい何か、それが問題だ。何のためにジョイスはかくも読みがたい文学を作ったか？

二十世紀になって、小説という文学形式自身が、自らに可能な限界を知りたいと願い、その実践をジョイスに求めた。

あるいは、人間とは何かという問いに答えるものが文学だと仮定して、最も包括的かつ普遍的な答えをジョイスは提出しようとした。

もっとわかりやすく言えば、別の銀河系から来た知的生命体のために、人間とは何かを説明しようと試みた。「私は人間だから、人間に関することはすべて私に無縁だとは思わない Homo sum : humani nil a me alienum puto.」(『自虐者』)とテレンティウスは言ったが、この古代ローマの喜劇作家の言葉をそのまま受けて、ジョイスは『ユリシーズ』を書いた。だからここには生活について、食物と酒について、社交について、聖と俗について、政治について、都市について、歴史について、倫理について、欲望について、性と愛について、また何よりも言葉について、まことに多くのことがきわめて具体的に書いてある。今風に言えば精神のゲノムであり、人間の営みのすべてを網羅するマンダラである。

それをジョイスは百科事典の客観的な言葉ではなく、人間たちの口から放たれる言葉で書こうとした。各項目をＡＢＣ順に並べるのではなく、生きた脈絡としてブルームを用意し、モリーとスティーヴンを用意した。欲張りすぎて話が散開してしまわないよう、一九〇四年の六月十六日という一日に話を限定し、場所もダブリンとその周辺に限った。その日にそこで発された言葉のすべて、思われたことのすべてを素材として、取捨編集し、内的秩序によって統括された書物を構築する。

多くを求めすぎる者はすべてを失う。拡散の危険は少なくないし、日と場所を限定しただけでは十分な内的秩序は得られない。そのために古代ギリシャの放浪の英雄であるオデュッセウスの話を骨格として用いる。それだけが目的だから、決して『オデュッセイア』をなぞりはしない。芸術には形式が必要であり、無反省に定型をはずした文学は密度を得られない。前衛芸術がむずかしいのはそのためだ。

こういう説明はいかにも後からの知恵である。ジョイス自身がどういう経路をたどって『ユリシーズ』を書くに至ったか、ぼくは詳しく知らない。作品というのはいつでも生成的なものだから、はじめは小さかったアイディアがさまざまな養分を得ながら育っていったのだろう。その結果できあがったものを、完成品として受け取った後世は、これは人間とはいかなる存在であるかを最も包括的に語る小説だと大きく受け止めた上で、細部を詳しく読もうとする。作者と読者では運動の向きが逆なのだ。

小説という表現形式に可能な限りを極めると言っても、方針は二つあったと思う。一つは小説から不純な要素をすべて排除して、純粋小説を目指すこと。もう一つはできるだけ多くの要素を小説に取り込むこと。ジョイスは後の方の道を進んだし、それは正しかった。なぜならば、小説というのはもともと不純なものであって、純粋を目指して余計なものを排除してゆくと最後には何も残らないから。あるいは、人間というのはもともと不純な、多くの要素からなるものであって、それを表現するのに排除の原理は使えないから。

発表当初からしばらくの間、『ユリシーズ』は猥褻だという非難を受けて流通が制限された。難じた側の人は、人間は「それからもし彼があたしのお尻にキスしたがったらあたしはズロースを引っぱってお尻を彼の顔にまともにそのものずばりつきつけましょう彼はあたしのあなに舌を7マイルもつきさすことができる」（「18　ペネロペイア」）などという思いを抱くものだと認めたくなかった。しかし、人間はこういうことを思うのだ。他のあらゆる話題についても同じことが言える。もしも小説によって人間の全容を描きたいと願うなら、排除の原理は使えない。テレンティウスが言いたかったのも、この猥雑なものとしての人間をそのまま抱き取ろうということであり、自分に都合のよい部分だけを抜き出して人間の定義としてはいけないということだ。

『ユリシーズ』の最大の功績は、小説をプロットから解放したことである。比較のためにここで再び『アンナ・カレーニナ』を考えてみよう。あの模範的な小説の中ではすべての場面、すべての記述が、プロットに奉仕していた。夫との仲に不満を持つ妻が若い愛人を得るが、やがてその関係も行きづまり、最後は自殺せざるを得なくなる。一方、誠実な愛で結ばれたもう一組の夫婦は穏やかな安定した生活を築くに至る。この太いプロットの流れのためにすべての細部がある。読者は各場面を読みながらも常にその場面と全体の位置関係を頭の隅に置いている。

しかし、『ユリシーズ』では細部はいくらでも逸脱する。読む者が辟易するほどに。イタケに戻って息子に再会したオデュッセウスであるところのブルームが深夜の台所で水道の栓を捻ったら水が出た。「17　イタケ」の一四一ページ七―一一行に書いてあるのはそれだけのことである。ところが、その後でジョイスは水がブルームの家の台所に至るまでの経路を「ウィックロー州にある立方容積二十四億ガロンのラウンドウッド貯水池」から延々と説明し、ついでに水道の不正使用を告発し、その先では水というものの属性を三十行に亘って論じる。これは羅列の文体であり、トルストイが絶対に用いなかった技法だ。

このような羅列の文体はかつてなかったわけではない。『オデュッセイア』と並ぶホメロスの叙事詩『イーリアス』には「船の表」という有名な羅列の場面があるし、ラブレーの『ガルガンチュア』にも羅列は多い。始原に戻れば、文字が発明された理由の一つは呪術《じゅじゅつ》だが、もう一つは帳簿だった。帳簿とは、最も羅列的な文字の利用法ではないか。

とは言うものの、十九世紀までの小説の作者はこんなにあからさまにモノの名を羅列はしなかった。あるいは、ここまで大胆にプロットを逸脱しなかった。人間の属性のうちのまとめやすい部分しか扱わないことになっていた。きっちりと定義された性格とその時間的な展開としてのプロットのみに関心を注ぐのがルールだった。ジョイスはテレンティウスの原理にまで戻って、その規制を外してくれた。

ジョイスがいたから、フォークナーは『アブサロム、アブサロム！』を書くことができたし、ガルシア＝マルケスは『百年の孤独』を書くことができた。その恩恵は世界にあまねく渡っていて、今の日本で、あるいは世界のいかなる国でも、多少とも野心のある作家たちが思うままの技法を用いて新しい小説を書けるのは、始祖としてジョイスを戴いているからだ。

これが、読みにくいことを承知の上で、『ユリシーズ』をぼくたちが努力してでも読むべき理由である。読みやすいものをただ消費的に読むだけでなく、その原理に遡り、創造的な再生産を目指す者は、ジョイスが徒手空拳で拡げてくれた領域のその広さを確かめておいた方がよい。

人は一所懸命に生きる――アリステア・マクラウドの小説

「波」（新潮社）2004・2

ここ数年、仕事で海外に行くことが多かった。

なぜかいつもばたばたと焦って出発することになる。行きの飛行機の中では到着地で待っている仕事のための資料を必死で読む。しかし帰りの便ではもう何の義務もない。閉鎖空間の自由時間だ。解放感に包まれて、好きなものが存分に読める。

だから空港に早めに行って本屋に寄ることにしている。機内で読むものを調達するわけだが、これがなかなかヒット率が高い。空港ターミナルの書店はだいたいどこでも品揃えがよろしい。

アリステア・マクラウドというカナダの作家を見つけたのはバンクーバーの空港だった。まるでパディントン駅で熊の縫いぐるみを見つけたような言いかただが、実際にことはパディントン・ベアの例に近かった。本の方が「ぼくを読んでください」と言っているようだった。

短篇集を機内で読み始めて、たちまち夢中になった。一九三六年生まれだからもうずいぶんな歳だけれど、本はこれを含めて二冊しか出ていない。それでいて、カナダでは第一級の作家として知られているらしい。つまり、おそろしく寡作なのだ。たった二冊で大作家とはどういうことか。

短篇という文学形式は完成されている。素材と技術だけで書けるし、実際それ以外の要素を盛り込むのはむずかしい。マクラウドの場合、技術は完璧。腕のよい指物師が丹精込めて作った文箱《ふばこ》のように、細工が行き届いている。

最初に読んだのは「島」だった。一人の女の生涯が、その人生の転機となる場面を一つずつ綴る形で辿られる。普通の読者から見ればずいぶん遠い世界の話だけれど、それでもこのヒロインの一生は読む者の腕の中にまちがいなく渡される。とても重い荷だから、しっかりと受け止めなければならない。本当に隙のない構成。

ではこの技術に対して、素材は何か。カナダのいちばん東の端、大西洋に面したケープ・ブレトンという島の生活。牧畜と漁業だけの荒涼とした土地で、冬はすごく寒い。若い者はみな都会に出てしまう。残った人々はここで家畜を飼い、海に出て漁に勤しみ、あるいは灯台を守って、暮らしている。アリステア・マクラウドはこの島のことしか書かない。いくら書いてもこの島のことは書ききれないと思っているかのよう。

人はみな一所懸命に生きている。つまり自分が住む土地という「一所」に「命を懸けて」生きている。なぜならば、他の地はないから。彼らは都会に出なかった人たちだから。

時には話は都会に出た者の視点から語られる。出てしまったことへの悔恨、残った老いた人たちへの思い、戻る時の逡巡。都会は遠くにあって若い者を誘うが、しかしそれだけのことだ。島は揺るがない。

「冬の犬」は子供時代のエピソードだが、そこへの導入がまずすばらしい。犬という主題を出すために、夜中に降り出した雪に気づいた子供たちが明け方早く起き出して庭で遊ぶ場面から始める。近隣に気を使って声をたてずにはしゃぐ子供たちの間に隣家の犬が混じる。月明かりの雪景色と遊ぶ子らと犬の光景は非現実的で「まるで民話の世界から躍り出てきた子供のようだ」と、窓辺で見ている父親は思う。

そして、自分が小さかった時に氷結した海で体験した危機のことを思い出す。助けてくれたのは犬だった。本当に九死に一生という事態だったのに、それを切り抜けて家に帰った彼は……。なんとうまい終わりかただろう、とぼくは飛行機の中で嘆息した。

ぼくは日本に帰ってすぐにこの本を新潮社に紹介した。その結果、アリステア・マクラウドのこの短篇集は『灰色の輝ける贈り物』と今回の『冬の犬』の二冊に分けて刊行されることになった。つまりぼくはこの本に関しては、自分の慧眼をちょっと自慢してもいい立場にあるわけだ。

ただし、いつもうまくいくわけではない。ヒースロー空港で買ったインド系の若い女性作家の短篇集に感心して、これも新潮社に売り込もうと思いつつ帰宅したところ、留守中に届いていた本の中にその翻訳『停電の夜に』があった。ジュンパ・ラヒリは既によく知られた人、ぼくは完全に後手に回ったのだった。

書評家の喜びと悩み

「考える人」（新潮社）2004・冬号

好きなことを仕事にできるのはたぶん幸福なことだろう。少なくともスタートの時点ではそう言える。

その前にまず好きなことがあるのが前提で、それを一日中やっていられたらと人は考える。映画が好きな者が日に三本でも見たいと願い、実際に日に三本見ることを決意して、実行に移す。

しかし、人が世を渡るには職業というものが要る。日に三本の映画を見ていれば他の職には就きにくいから、それを仕事にしてはどうかということになる。そうでないと日に三本ずつ見つづけるのはむずかしい。要は見た映画の感想文が売れてくれればいいわけで、こうして映画評論家が誕生する。

映画が好きで作文も好きでかつ上手ならば、これはもう言うことはない。よい評を書くためには映画をただ受け身で見るだけでなく、自分の中に評価の基準を作り、それまでに見た大量の映画についての知識や印象を整理して、それと新作を照らし合わせなければならない。それによって映画の見かたは深化し、より一層おもしろく見られるようになる。

ぼくがそう思って映画評を書いていたのはもう二十年以上も昔の話だ。ところが、しばらくすると作文の義務なしに映画を見たいと思うようになった。週に一本の普通の映画ファンとして、書く義務なしに映画を楽しみたい。そしてその代わりというわけでもないが、書評の仕事が本格的になった。これも原理は映画の場合と同じで、ともかく本が好きなのが最初の条件。その上、作文もそんなに嫌いでなく、それを義務にする覚悟があれば、書評は誰でも始められる。

初めの四年は読売新聞、この十年は毎日新聞と週刊文春の「私の読書日記」という欄の二つを書いてきた。どちらも年間七、八回書いて、その他に他誌からのとびこみ依頼も少しあるから、ざっと年に二十本。週刊文春の方は一回に三、四点を取り上げるので、トータルでは年に三十冊くらいの本について何かコメントしていることになる。

書評を読む者の側から見るとどうなるだろう。

今の時代、本はたくさん刊行されている。ぜんたいでは本の売れ行きは落ちているのだそうで、部数の減少を補うために出版社は点数を増やすという方策に頼っている。だから人口で言えばアメリカの半分くらいの日本で、アメリカと同じ年間六万点というとんでもない数の本が世に送り出される。しかも、アメリカの場合は世界市場を相手にしているわけだが、日本語の普及はそれには遠く及ばない。ほぼ国内消費分だけ。

経済の原理から見れば、本というのは特殊な商品だ。安ければ五百円、高くてもせいぜい五千円までの商品が普通は数千点しか売れない。しかも、消費者はどんなに気に入っても、一人一点しか買わない。食品ならば食べてしまえばなくなるから毎日でも買うのに。

おまけに代替品という考えがない。カップヌードルならばシーフード味がなければチキン味でもいいとなるが、村上Aの在庫がないから村上Bでもいいとは誰も思わない。

こんなに多品種少量販売の品は他には見あたらない。出版が零細企業であるのはしかたのないことだ、という議論はさておいて、多品種は商品と消費者を媒介する職務の発生を意味する。それが書評家であって、書評の基本は推薦ということに尽きる。書評家の背後にはたくさんの熱心な読者が待っている。

書評は信用の仕事である。ぼくが推薦した本を買っておもしろくなければ、ぼくは信用を失う。次からはぼくの言うことは参考にならない、と言われるだろう。その意味では競馬の予想屋や株の証券会社、経済評論家などに似ている。

実際には書評はそこまで真剣でない。本のおもしろさというのはなかなか複雑なものだから、ちょっと読んで退屈でも実は奥が深いということもある。長く本を読んできた人はそれをよく知っている。古典ならば読者の年齢との相性がものを言う。

書評は本の値打ちを百点満点で測るわけではない。それは本というものにそぐわない（本当は人間にもそぐわないのであって、だからこそ偏差値はばかばかしいのだ）。書評では、まずどういう本であるかをざっと語り、どこがどうおもしろいかを解説し、読む喜びを伝え、その著者の前の作や他の作者による類書との関係を述べ、その他さまざまなことを書く。時には苦言を呈する。

書評とは、結局のところ、一冊の本を巡るエッセーである。新刊の小説の場合はそれが傑作であるか駄作であるかという評価が少し前に出てくる。もっと広い範囲から選んだ趣味的な本だと雑学的な要素が多くなる。そういうスペクトルの幅はあるけれども、書評とて一個の短い文章として読んでおもしろくなければならないのは、他のエッセーと同じなのだ。

だから文章の力は大事で、それがなければ読んでもらえない。日本の書評は四百字の原稿用紙にしてせいぜい五枚までというのが普通だから、ここにすべてを盛り込むには相当な伎倆が要る。労力の半分はここに費やされるような気がする。短歌や俳句や幕の内弁当と同じで、コンパクトで盛り沢山というのが要点なのだ。かつてさる文芸誌で十枚から二十枚くらいを目処の長い書評をしばらく書いたことがあった。これは言いたいことがすべて言えて楽しかったが、その欄がなくなってしまったというのは、結局あれは日本人に向かなかったからなのだろうか。

書評は本を見つけるところから始まる。これがなかなかむずかしい。ぼくのように田舎に住んでいると、新刊書が揃った大きな書店を定期的に訪れることはできない。だから本屋の棚や平台を見て選ぶよりは版元が提供する情報すなわち広告に頼ることが多くなる。新聞や雑誌の広告、各社が出しているPR誌などが最初の手がかり。

自分と似たセンスの品揃えをしている中規模の本屋の店内をぐるりと回り、見込みのありそうな本を何冊かまとめて買う喜びに浸りたいと思うが、これはほとんど実現しない。小さな出版社の一見して地味な本の中からすばらしいものを見つけて紹介するというのが書評家の最大の喜びだとは思うのだが、本屋が遠いとそれもむずかしい。

分野はあまり限定しない。書評の読者は普通の人だからあまり専門的な本は取り上げないし、そんなものは第一ぼくが歯が立たない。それでも文学だけでなく、思想、社会や歴史、世界情勢、科学、絵本などなど、これまでに書いた書評のリストを見るとまこと雑然と散らかっているのは性格の現れだろう。

ぼくの場合は、雑誌などの編集部からこの本の書評をお願いしますと言われて書くことは基本的にしない。取り上げる本はすべて自分で選ぶ。新刊書が送られてくることは少なくないが、取り上げるかどうかはまったくこちらの判断。

そうやって入手した本の中から書評に価する一冊を選ぶという段階が次にある。ざっと見て、見当をつけて、おもしろそうだとなれば精読する。そうでないものはひとまず脇に置く。実際には読むという行為にはさまざまなレベルがあって、浅く速やかに読んで楽しいものもあれば、深く沈潜しなければわからないものもある。書評を書く場合もすべて精読するわけではないけれど、それでも一定の深さまでは緻密に読むことになる。

悩みがあるとすれば、まずは急がなければならないこと。書評は新刊書が相手だからあまり遅くなってはいけない。日本の本屋は気短で、新刊書をあまり長く店頭に置いておかない。これは先に書いたように、売り出される本の点数が多いという日本的事情にも関係している。どの書店も棚が足りないのだ。書評を読んだ読者が本屋に行ってもすぐに買えないのは好ましいことではない。取り寄せ制度の不備はオンライン・ブックショップの普及でだいぶ改善されたが、それでも本は手に取ってから買いたいと人は思うものだ。

だから早く書く。それもあってどうしても読むものが新刊に偏る。古典は必要があれば読むけれど、その途中のもの、つまり数年前に出た名著とか、初めて読んで感心した作家の前の作などが抜けがちになる。最新の本しか読まないというのはどうも健全ではないような気がする。

結局は本が好きで、おもしろかったら仲間に言いふらしたいという、見かたによっては子供っぽい欲求のままに書くのが書評ということになるだろうか。ともかくたくさん本が読めて、それをあだこうだと論じることができて、こんな楽しいことはないというのが本音である。

この一年間にぼくが書評で取り上げた本

『極北の動物誌』（ウィリアム・プルーイット、岩本正恵訳、新潮社）
『灰色の輝ける贈り物』（アリステア・マクラウド、中野恵津子訳、新潮社）
『ケセン語訳新約聖書「マタイによる福音書」』（山浦玄嗣訳、イー・ピックス）
『ゆらてぃく　ゆりてぃく』（崎山多美、講談社）
『輝く日の宮』（丸谷才一、講談社）
『暴力に逆らって書く　大江健三郎往復書簡』（大江健三郎他著、朝日新聞社）
『沖縄　おじぃおばぁの極楽音楽人生』（中江裕司、実業之日本社）
『らららま科學の子』（矢作俊彦、文藝春秋）
『蟻』『蟻の時代』『蟻の革命』（ベルナール・ウェルベル、小中陽太郎・森山隆・永田千奈訳、角川文庫）
『エッフェル塔試論』（松浦寿輝、ちくま学芸文庫）
『エッフェル塔』（ロラン・バルト、宗左近・諸田和治訳、ちくま学芸文庫）
『神、この人間的なもの』（なだ いなだ、岩波新書）
『友情』（フレッド・ウルマン、清水徹・美智子訳、集英社）
『藤田嗣治「異邦人の生涯」』（近藤史人、講談社）

『FOIL（フォイル）』創刊号（奈良美智・川内倫子、リトル・モア）
『蟹の横歩き』（ギュンター・グラス、池内紀訳、集英社）
『ベル・カント』（アン・パチェット、山本やよい訳、早川書房）
『解剖学者』（フェデリコ・アンダーシ、平田渡訳、角川書店）
『日本難民』（吉田知子、新潮社）
『クルディスタンを訪ねて』（松浦範子、新泉社）
『異邦人のまなざし』（小坂井敏晶、現代書館）
『ことばを鍛えるイギリスの学校』（山本麻子、岩波書店）
『きまぐれな読書』（富士川義之、みすず書房）
『家族を容れるハコ　家族を超えるハコ』（上野千鶴子、平凡社）
『ナロー・ポルシェの憂鬱』（吉村明彦、双葉社）
『アンコール遺跡を楽しむ』（波田野直樹、連合出版）
『だから、国連はなにもできない』（リンダ・ポルマン、富永和子訳、アーティストハウス）
『ねじとねじ回し』（ヴィトルト・リプチンスキ、春日井昌子訳、早川書房）
『大道商人のアジア』（和賀正樹、小学館）
『金子光晴、ランボーと会う』（鈴村和成、弘文堂）

『伊良子清白全集』(編集平出隆、岩波書店)
『星野道夫著作集』(新潮社)
『どこ行っちゃったの?』(アンドレアス・シュタインヘーフェル著、ヘリベルト・シュールマイヤー絵　大川温子訳、未知谷)
『タングステンおじさん』(オリヴァー・サックス、斉藤隆央訳、早川書房)
『ジャマイカの烈風』(リチャード・ヒューズ、小野寺健訳、晶文社)
『エクソフォニー——母語の外へ出る旅』(多和田葉子、岩波書店)
『空からやってきた魚』(アーサー・ビナード、草思社)

附　記

これまでに書いた書評の多くはぼくのサイトである Café Impala (www.impala.jp) の中の Impala Book Club で読むことができる。

＊

書評の実例を一つ挙げておこう。これは×月×日の毎日新聞に掲載したもの。

『灰色の輝ける贈り物』（アリステア・マクラウド、中野恵津子訳、新潮社）

短篇小説はやはり技量で書くものだろうか。優れた短篇小説に対してなぜ読者は「うまい」という感想を持つのだろう。

こういうことを考えたのは、これが本当にうまい短篇を集めた一冊だからだ。ここには八篇の短い小説があり、どれもが優れた出来で、読み終えた時には満足の溜息が出る。素材から調理法から供しかたまですべてにおいて申し分のない一皿を食べた時のように。

著者のアリステア・マクラウドはカナダの作家で、一九三六年生まれ。最初の短篇を書いてからの三十二年間に十六の短篇と一つの長篇を発表した。つまりずいぶん寡作な人だ。ただ少ないのではなく、一定の基準に沿って小説を書き、それ以外には手を出さない。自らを律するこの姿勢は見事である。

基準の第一は、話の舞台をケープ・ブレトン島というカナダの東の端にある小さな島に設定すること。第二は、この島で漁船や農場や炭坑で働く人々を主人公とすること。第三は、どの話にもどこかに喪失感が漂っていること。

ここで最初の疑問に戻る。こういう短篇を読んだ後でなぜ読者は「うまい」という一語に要約されるような感想を持つのか。それは本当に技量の成果なのか。

長篇小説の読者は我を忘れる。作者の立場から言うと、読む者をいったん物語の世界に引き込んでしまったら、後はどこへでも連れ回せる。

それに対して短篇ではストーリーに乗せてしまうという方法は使えない。短篇の読者はそれほど従順ではなく、つまらなければ途中で放棄しかねない。作者としては読みはじめた読者を最後まで逃がさないための工夫が必要なわけで、この緊張感が短篇の魅力なのだ（長篇では冒頭の部分でのみ、つまり物語の世界へ呼び込むところでだけ、この工夫が必要になる、と言い添えておこうか）。いわば作者は一行ごとにその効果を考えながら、気まぐれな読者と対話する。

「ランキンズ岬への道」という話がある。二十六歳の青年が都会から、祖母が一人で暮らすケープ・ブレトン島へ帰ってくる。彼は道々、島の現状を語り、元は一族の家だった祖母の家への道のようすを語り、祖母が若くして夫を失った事件の経緯を語る。読者は、たまたまこの帰郷の旅路を共にすることになった道連れのように、彼の問わず語りを聞く。

彼は祖母の家に着き、親しく話す一方で一族の死んでしまったメンバーとその死にかたのことを考える。この日は一族再会の日だったので、やがてたくさんの親類縁者が到着し、家はしばし賑やかになる。隣家から何キロも離れた農場で一人で暮らす祖母の身を案じる言葉が行き交う。

こういう展開の背景に、語り手自身の人生に関わる悲しい事実がちらほらと見える。この農場を継いで畑と馬や羊や牛の世話をしようと名乗り出る者がいなかった喪失感に、もっと切迫した彼の喪失感が重なる。

こういう話の作りかたを支えているのは技量かもしれないが、しかしそれだけではないのだ。アリステア・マクラウドの小説を貫いているのは、代々田舎で農業や漁業や鉱山の仕事を専らとしてきた人々の子がみな都会へ行ってしまう、という世の流れへの詠嘆の思いである。技量の背後にあるのはやはり思想であり、人間観である。

技量だけでは短篇は書けない。読者の心の中にある弦と共鳴する音を出さなければ管弦楽の喜びは得られない。この作家の場合、共鳴しているのはたぶん良質の感傷だろう。

人は昔から田舎を捨てて都会に向かった。食糧供給のからくりを考えてみれば、田舎なしに都会はありえないのは明らかだ。田舎の文化と都会の文化の対比は古代からあったけれども、今はそれが特に甚だしい。みなが田舎を捨てて都会に行く。先進国か途上国かを問わず、たった今の世界人口の何割が田舎で生まれて都会に移った人か、考えてみるといい。

故郷を捨て、父母を捨て、身体を使う正直な仕事を捨てたという後ろめたさを心にいだく者は多い。ちょっと大袈裟に言えば現代人が共有するこの淡い感情をアリステア・マクラウドは小説の土台にする。

だが、こう括ってしまっては大事なものを逃してしまう。この八篇にあるのは人の暮らしの細部であり、漁船と漁具の名称、荷を曳かなくなった馬の表情、事故の顛末、読書が好きな老いた漁夫である父を見る末息子の視線、などなのだから。

島の暮らしは不便であり、事故の危険に満ちていた。だが、それが人の心を剛直に育てた。その分だけ家族の絆は強かった。今の子供はこういうことを知らないまま育つのだろうか。

ユリシーズ賞選考記

「中央公論」2004・3

文学賞の選考というのは、書評などと並んで現代の文学者に求められる任務の一つである。作家も詩人も評論家も、あるところまでいくと、同輩や新人の作品を読んで優れたものを選び出すという役割を提示される。就任するか否かはもちろん本人次第だが、断らない人の方が多いから日本にたくさんある文学賞が存続している。

ぼくは選考には不向きな性格と自覚しているので、選考委員を常任している文学賞は二つだけ。たぶんこれは少ない方だろう。文学の担い手の一人としての義務を果たしていないと言われることもないではないが、これ以上増やすつもりもなかった。

そこへ、去年の二月、新しく作られる文学賞の選考の話が来た。対象となるジャンルは「ルポルタージュ文学」で、賞の名はまだ決まっていない。これを受けるかどうか、ちょっと姿勢を正して考えたのは、国際的な賞だったからだ。

主体となって活動しているのはヨーロッパ各国を結ぶ形で刊行されている Lettre International（レットル・アンテルナシオナル、といちおうフランス語風に読んでおこうか）という季刊文芸雑誌のドイツ語版の編集部。それにゲーテ・インスティテュートというドイツ文化の普及機関が協力し、資金を出すのはアヴェンティスという財団（製薬会社がバックにある）。

この雑誌は一九八八年に創刊され、今は、ドイツ語、スペイン語、イタリア語、ルーマニア語、ハンガリア語、マケドニア語の各版が刊行されている。かつてロシア、チェコスロバキア、ブルガリア、ポーランドの版もあったけれど財政的な理由から今は中断している。パリに編集拠点の一つを置いてはいるが、今のところフランス語版刊行の目処はない。また英語版は競合誌が多すぎるのでちょっと手が出ないという。雑誌としてこのありかたは今のヨーロッパの状況をそのまま映すものだ。いくつもの国、いくつもの言語がゆるやかに束ねられ、共有するものは多いが、だからといって一つにはまとまらない。自分に読める言語の版が一つもないにも拘わらず、ぼくはこの雑誌に興味を引かれた。

「ルポルタージュ文学」への関心も強い。文学は人間の永遠の真実を追うものであると同時に、今の自分たちの姿を探るものでもある。ぼく自身、十年前に沖縄に移って以来、また9・11以降は特に、しばしば時事的な発言をしてきた。去年の一月に出した『イラクの小さな橋を渡って』というレポートは正に「ルポルタージュ文学」というジャンルに属するものだったと思う。実際、レットル・アンテルナシオナルの編集部がぼくを見つけたきっかけは、自分のサイトで無料配布したこのイラク・レポートの英・仏・独語版だったようだ。

おもしろそうだと思って受けることにしたが、それがどれほどの作業量を要求されることか、その時のぼくは正確に理解していなかった。実際の話、具体化してみるとけっこう大変だったのだ。

選考の具体的なステップは、言語や国籍や活動範囲を異にする十二名ほどの選考委員が二つまで候補作を選び、英語にして十ページくらいの推薦の理由と三十ページ前後の抜粋を作ってベルリンの事務局に送る。さまざまな言語の文章を英語に訳す仕事は事務局が行うか、その費用を負担する。候補作はいちおう自分の国ないし活動領域から選ぶことになっているが、この制限はごく緩い。

しばらくの後、事務局は各委員から提出された文書を全員に配り、委員はこれを熟読する（この間のやりとりは主としてEメールで行われる）。このロングリストの段階で候補作の数は二十点ほどあった。次の段階として、六月の下旬に全員がベルリンに集まり、二日間の討議をして、候補を七つにまで絞る。これがいわゆるショートリストになる。

この七点については抜粋ではなく本ぜんたいを読むことが求められ、その成果を踏まえて二回目の選考会を開く。二度ともベルリンというのもつまらないので、二度目はパリにしようということになり、ぼくたちは八月の末にパリに集まった。ここでやはり二日間のセッションを経て一位から三位までの受賞作を決め、残りの四つは佳作ということで正式に発表する。十月四日にベルリンで盛大な授賞式を行うが、これには選考委員も万難を排して出席することになっている。選考委員の任期は原則として一回かぎり。

日本の文学賞と比べると愚直なほど手間がかかっている。日本では候補作を揃えるのはたいてい事務局で、選考委員は意見を求められても全権を委任はされない。候補作はせいぜい数編、つまりショートリストの段階から始め、一回の会議で結論を出す。その会議は長くとも三、四時間で終わる。選考委員の顔ぶれは固定的で、少なくとも数年はその座にあるのが普通。事実上終身に近いものも少なくない。

ベルリンの会議とパリの会議の間に、この賞の名称が Lettre Ulysses Award for the Art of Reportage となることが決まった。ここでは簡略化して「ユリシーズ賞」と呼ぶことにしよう。ギリシャ神話に名高い放浪の英雄の名はたしかにルポルタージュ文学の賞にふさわしい。

すべてが終わった今になって振り返ってみると、この選考はぼくにとって大変におもしろい体験だった。具体的な選考過程については後に述べることにして、まずは会議の雰囲気を話そう。

選考委員はジャーナリストであり作家である。両方を兼ねている者が多く、そのリストには地名・国名と言語が錯綜している。

ざっと紹介すると——

スベトラーナ・アレクシエービッチ――ベラルーシの女性作家で、『チェルノブイリの祈り』（岩波書店）や『ボタン穴から見た戦争』（群像社）など邦訳もある。

ハンス・クリストフ・ブッフ――ドイツ人のジャーナリスト。ドイツ語の他に露・西・英・仏を苦もなく操る。

ホルヘ・エドワーズ――チリの作家。アジェンデ政権の時に外交官だったが、政変で追放されて亡命。後に戻り、今はチリ文学界の長老。

ネディム・ギュルセル――軍事政権に何度となく出版を邪魔されたトルコの作家。今はパリに住んでいる。

イザベル・ヒルトン――スコットランド生まれの女性ジャーナリスト。テレビのコメンテーターでもある。

ペドロ・ローザ・メンデス――ポルトガルのジャーナリストで、アフリカの旧ポルトガル植民地を旅した成果である『タイガー湾 Tiger Bay』が欧米各国で評判になった。

ニルマル・ヴェルマ――インドの作家で、ガンディーの時代から活動しており、今回の選考委員の中では最年長。

アブドゥラーマン・ワベリ――ジブーティに生まれて、二十歳でフランスに移住。作家であると同時にアフリカ文学の紹介者でもある。

楊小浜――中国の詩人で文学研究者。北京とアメリカの大学を行き来している。

それに不肖イケザワ。

事務局からはフランクとエスターとダークという三人が出席して巧みな舵取りをした。こんなに詳しく紹介したのは、ぼくがこのメンバーととても親しくなったからだ。彼ら同士の中には以前から知己という仲もあったようだが、大半は互いに初めて会った。そして、合計四日間に亘る濃密な議論とその間に挟まった濃厚な飲食によって、それぞれの思想と性格をよく知るようになった。この種のセッションは彼らにとってはさほど珍しいことではないのかもしれないが、ぼくには新鮮だった。

最もおもしろかったのは言葉。基本的には英語が公式の言語ということになっていて、Eメールなどは英語でやりとりしたし、会議も英語で話すことになってはいたが、実際にはそれだけでは済まない。

スベトラーナはロシア語しか話さないので英語とフランス語に堪能なガリーナさんという通訳がいつも脇についていた。

ネディムの英語も相当に怪しく、議論が白熱するとフランス語になってしまう。隣にいるアブドゥラーマンがそのたびに英語に訳す。

ぼくと楊はまず紙に漢字を書いて互いの名を確認しあった（彼は簡体字で杨小滨と書いた）。日本語と中国語の間ではこういうことができる。若い時に北京大学で中国語を学んだイザベルがそれを横から見て解読する。あなたの名は夏の木なのね、などと言われる。

ハンスはスベトラーナとはロシア語で直接に話し合っているし、事務局の三人とはもちろんドイツ語で喋る。

事務局のダークは現代ギリシャ語を少しかじったことがあって、ぼくとの会話に使ってみる。英語にしてもイザベルのは母語だから滑らかで速い。他はみな勉強して覚えたので、わかりやすい。ただし、ヴェルマさんのインド英語はなかなか難解で、しかも彼は目の前五十センチのところにいる人に話すように喋るので、彼が口を開くと否応なくみなが耳を澄ます。

最初の三時間ほどはルポルタージュ文学の定義をめぐる議論になった。なんと言っても今回が最初だから指針がない。われわれが選考を通じて指針を作るということだから力が入る。ルポルタージュ文学はジャーナリズムそのものではない。事実を伝えるのからもう一歩文学の側に寄って、人間を伝えなければならない。過去の例を探せばヘロドトスやマルコ・ポーロ、あるいはイブン・バットゥータなど。日本人としてはイザベラ・バードの『日本奥地紀行』をまず思い出すべきだ。現代ならばV・S・ネイポールの『イスラム紀行』などが典型。

旅という要素はルポルタージュにとって必須ではないがしかし大きい。作者は自分の住む国ないし領域からどこかへ出かけて、そこでの見聞を書く。その意味ではイギリス人が得意なトラヴェローグ（その代表はたとえば『ソングライン』を書いたブルース・チャトウィン）とルポルタージュ文学はある程度まで重なるけれど、しかし同一ではない。後者の方が政治的な色合いが少しだけ濃い。

というのも、今の時代に少しでも真剣な姿勢で旅をする者は国際的な政治の力に関心を持たないでは済まないから。人が移動し、資本が流れ、石油から映画まであらゆる商品が地球の至るところに流通する。それを政治力と経済力と武力が駆動する。「グローバリゼーション」は重要なキーワードにならざるを得ない。

日本から行ったぼくが考えたのは、日本で盛んなノンフィクションという分野とルポルタージュ文学の関係である。これもまたある程度まで重なり合うけれど、しかし同一ではない。日本のノンフィクションは取材や調査に基づく内容を文学的に語るが、しかしめったに国境を越えない。国境を越えた人々が書くものには政治への関心があまりない。鶴見良行の『バナナと日本人』（岩波新書）のようなものがあれば精一杯推せたのだが、二〇〇一年以降に刊行されたものという今回の限定ではあのレベルのものをぼくは見つけられなかった。

考えたあげく、ぼくは日本の周囲にまで目を配り、亡命者として長くパリで暮らした韓国人洪世和の『セーヌは左右を分かち、漢江は南北を隔てる』（みすず書房）を候補作として挙げた。選考の過程では軍事政権下の韓国からフランスへという彼の動きはみなの関心を集めたのだが、残念ながらショートリストには残るには至らなかった。彼が最初に書いた『コレアン・ドライバーはパリで眠らない』（みすず書房）を候補にできたらとも考えたが、時期のずれはどうしようもない。

なぜ日本から候補が出せなかったのか。結局のところ、日本人は海外事情に関心が薄いのだ。今でこそ自衛隊が行くからイラク情勢について新聞は書くけれど、戦争になった去年の三月末、バグダッドには日本の特派員は誰もいなかった。発行部数一千万に迫る大新聞が一つならずあり、テレビ局も大きいのが乱立しているのに、日本のメディアはみな開戦直前にレポーターを引き上げ、あとはフリーのジャーナリストに任せた理由はいろいろあったのだろうが、しかし結果は結果である。今あそこに人を置け、ニュースを送れ、とメディアに迫るだけの強い関心を購読者・視聴者は示さなかった。

バグダッドならびにイラク各地の報道関係者はアメリカにとってはずいぶん邪魔だっただろう。「誤爆」などで民間人の死者が出るたびにその事実は世界に広まる。そのつもりはなくとも、あの時期にイラクにいた各国のジャーナリストはアメリカ側の野放図な攻撃の抑止力になった。アメリカとイギリスはあれほどひどいことをしたが、しかしあれ以上ではなかった。だからアメリカは苛立って、アルジャジーラのオフィスを戦車砲で直撃し、二人のジャーナリストを殺した。

一昨年夏から去年の開戦まで、世界各国でイラク戦争に反対するデモが展開されたけれど、日本の場合、参加者の数はヨーロッパ諸国より一桁少なかった。このような日本人の姿勢について会議の場で話した翌日、ぼくはたまたま朝食の席でイザベルと一緒になった。彼女は前の日の話題をまた持ち出して、「ナツキ、昨日あなたが言っていた、あの時期にバグダッドに日本のレポーターがいなかったって話、本当なの？」と問い直した。ちょっと信じられないという顔だったが、ぼくは黙ってうなずくしかなかった。

さて、ショートリストに残った七作には、チェチェン、ソマリア、ルワンダなど、現代の紛争の地名が頻出する（イラクはまだ入ってきていない。アフガニスタンについては『ヘラトの縫い物サークル』というなかなかよい作があったのだが、ショートリストには残らなかった）。これらの地は日本からは遠いかもしれない。関心がなくともしかたがないと言えるかもしれない。

だが、アチェはどうだ？　インドネシアは第二次大戦中からずっと日本と縁の深い国である。その政治にわれわれは関わり、その資源にわれわれは依存している。そこでの紛争の実態はしかしほとんど報道されない。

外に対する関心が薄いという点で日本はアメリカに似ている。緒方貞子は昨年、「アメリカや日本の『内向き志向』はさらに強まっていると感じます」（『難民支援の現場から』集英社新書）と言っている。国としてのミーイズムとでも呼ぶしかない。

ただし、日本のために少し弁明しておけば、写真の分野では状況はだいぶ異なるのだ。日本人でもフリーの報道写真家は世界各地に散って優れた写真を送ってくる。もしもこれがルポルタージュ文学ではなくルポルタージュ写真の賞だったら、事態はずいぶん違っていただろう。

大量の読書と長い議論の果てに選ばれたトップの三作を紹介しておこう。ぼくは翻訳の盛んな日本でこの三つが速やかに刊行されることを望んでいる。ちなみに賞金は上から順に、五万、三万、二万ユーロ。また佳作四点の作者にはドイツ国内の施設に一ヵ月の間滞在して研究や取材や執筆の便宜が提供されるフェローシップの特典が与えられる。

第一位はアンナ・ポリトコフスカヤ著『チェチェン――ロシアの恥辱』。著者はロシア人の女性ジャーナリストで「ノーヴァヤ・ガゼータ」という新聞の記者。チェチェンの人々の抵抗とロシア軍による弾圧についての詳細で具体的なレポートで、インテリまで含めて大政翼賛的に政府の姿勢を支持する今のロシアで唯一と言ってよいほど稀な現場からの報告。

実際、彼女の取材は冗談ではなく命がけで、本当に死ぬような思いを何度もしているのに、それでも懲りずにまたチェチェンに出かけてゆく。奇跡的に危機を逃れたことも一度ならずある。ソ連の崩壊後、ロシアという国が倫理的にも崩れてしまい、プーチン体制は臆面もなくそれを推進している。その現場であるチェチェンからの報告には切迫感があふれている。

ロシア政府のさまざまな圧力によって国内での刊行は遅れ、授賞の対象となったのはフランス語版だった。圧力と言えば、去年のフランクフルト・ブックフェアでは彼女の講演が企画されていたのに、ロシア政府の横やりで中止になったという噂も聞いた。

授賞式で見たアンナはいかにも毅然とした人だった。式はいちおう英語で進行するのだが、壇上の誰かがジョークを飛ばして数百人の参加者がどっと笑う時にも、英語を解さないアンナはにこりともしない。周囲に阿《おもね》ってとりあえず顔を緩めるということをしない。脇にいるガリーナさんの訳を聞いてようやく僅かに頰を緩めるという具合。

受賞の挨拶では、この賞をもらえてうれしいけれど、それはこれがチェチェンの暴虐を少しでも早く終わらせる助けになるからだと言った。まこと剛直な人である。

選考過程に話を戻せば、彼女の本はスベトラーナとハンスの二人が候補作として挙げていた。これを偶然と言うべきか必然だったのか、最終的に圧倒的な支持で一位の賞に決まったのは当然だっただろう。その背景にはチェチェンの事態が進行形であるということがあり、政治的な状況が人間性を変えるというやりきれない現象に対する彼女の指摘に選考委員が共鳴したということがある。チェチェンにおけるロシア兵のふるまいは実際ひどいもので、そうまで人を変えてしまう政治とは何か、人間性とは何かと問い直している点で、これはジャーナリズムを超えて文学になっていた。

第二位はソマリア出身の作家ヌルッディン・ファラの『昨日、明日——ソマリ難民の声』。一九九一年シアド・バレの独裁政権が倒れて内戦状態になったソマリアから五十万を超える人々が難民となって国外に逃れたが、本書は彼らの苦難の記録である。

ファラは欧米では広く知られた作家で、一九七四年に亡命して以来ずっと国外で暮らしてきた。本書は故国を逃れてきた父と彼がケニアの難民キャンプで再会する場面から始まっている。それ以来、九年の歳月をかけて彼はこの本を書いた。アフリカの各地にあるキャンプを訪ねて人々の話を聞き、イタリア、英国、スイス、スウェーデン、エチオピアなどでたくさんのインタビューを重ねて、国を失うとはどういうことかを具体的に探った。先進国が提唱している救済措置がいかに偽善的で実のないものであるかを体験を通じて明らかにした。パスポートがない、ヴィザがない、身元保証人がいない、職がない、そういう不安定な身分のまま国から国をたらいまわしされる。

この本の特徴は客観的な視点と主観的な語りの混淆にある。一般にルポルタージュ文学において、作者はある土地に赴いて、そこの事情を観察し伝える。従って、その報告には建前としての客観性が付随するし、書き手はそれを要請されていると言ってよい。しかしファラの場合、彼は当事者なのだ。一級の作家であり、できればこんな本は書きたくなかった、自分の仕事は小説を書くことだと授賞式で言ったくらいだから、祖国の崩壊という事態に巻き込まれたことに由来する憤怒と困惑は外部のわれわれが想像するに余りある。

ルポルタージュ文学をここだけ仮に「ルポルタージュ」と「文学」に分けるとすれば、彼はすでに文学の人であったが故に、不運にも遭遇してしまったルポルタージュの要請に十全に応えることができた。それ自体が彼の不幸であったけれど、しかしこの本は今の世界における難民の実状についての最高級のレポートになった。

第三位は少し傾向の違う作品で、中国の北部における密猟の実態を追う『盗猎掲秘』というタイトル（群众出版社）。著者は江浩。今回の選考に参加していて、中国への関心が高いことにぼくは気づいた。楊小浜が中国の本を二点まで候補として出したのは当然だが、それとは別にハンスはイアン・ブルマの『悪い要素――ロサンジェルスから北京までに至る中国への反逆者たち』という本を候補に挙げていた。

イアン・ブルマはオランダのルポルタージュ作家で東アジア通、『イアン・ブルマの日本探訪』（TBSブリタニカ）や『戦争の記憶』（ちくま学芸文庫）など日本に関する著作もある人だ。『悪い要素』（「悪分子」とか「反政府分子」と訳すべきかもしれない）は各地のレポートの出来にむらがあり、佳作に留まったけれどもおもしろい本だった。

で、『盗猎掲秘』だが、これが今の日本でいうノンフィクションに最も近いかもしれない。中国の場合、政治的な理由から国境を越えるルポルタージュはむずかしいと楊小浜も弁明していたが、その範囲内でこれは、辺境に赴いて密猟者に同行しながら書くという形で、中国のジャーナリズムに新風を吹き込んでいる。なによりも読み物としておもしろいし、ユーモアもあり、自然保護や資源論の視点も加味されている。しかし、ぼくは授賞に諸手をあげて賛成というところまではいかなかった。

佳作に残った中でぼくが特に力を込めて論じたのが（つまり上位に入れることに反対したのが）、アドリアン・ニコル・ルブランというアメリカの女性作家の『ランダム・ファミリー』という本。ニューヨークのブロンクスのスラムに通って、ある家族の十年間を綴ったもので、これも日本で言うノンフィクションに入るかもしれない。

しかしこれはどこかでルポルタージュの域を逸脱しているとぼくは考えた。フィクションの要素が混じっているのだ。これはアメリカ文学の伝統とも言えるもので、あの国では取材したものをある程度までフィクション化して書くことが許されている。いちばんよい例はトルーマン・カポーティの『冷血』やトム・ウルフの『ザ・ライト・スタッフ』だが、読みやすい分だけ信頼性にかげりが出る。『ランダム・ファミリー』でも、鑑別所の中など作者が居合わせたはずのない場所での会話が直に聞いたかのように再現されている。

あるいは、取材のために十年通ったという彼女の存在が本の中に見えない。ドラッグの売買に明け暮れ、幼いまま次々に妊娠と出産を繰り返す若い貧しい人々から私事のすべてを聞き出すまで信頼された作者が、彼らの人生の岐路において何の相談も受けなかったというのは考えられない。観察対象に影響を与えてしまったとすれば、観察は客観的なものには成り得ない。そのあたりがどうも甘い。

ぼくが知るかぎり、最後まで残った七作の中で既に日本で刊行されているのは、リンダ・ポルマンの『だから、国連はなにもできない』(アーティストハウス)だけである。この本の内容については週刊文春の二〇〇三年九月四日号「私の読書日記」で紹介した。

授賞式は昨年十月四日にベルリンで行われた。ティーアガルテンの一角に常設された巨大なテントが会場で、立食ではなく着席してのディナーがつく立派なもの。一位から三位までに選ばれた作品はこの場で発表されることになっていたから、式は盛り上がった。それとは別にぼくたち選考委員が最も期待したのは、発表に先立つリシャルド・カプシチンスキの講演だった。ポーランド生まれの彼はルポルタージュ文学ではまさにカリスマ的な存在で、『サッカー戦争』(中央公論社)、『帝国』(新潮社)、『皇帝ハイレ・セラシエ』(筑摩書房)など邦訳も多い。彼の講演はヘロドトスの『歴史』を引いてルポルタージュの理念を説くもので、この賞のスタートにふさわしい見事な出来映えだった。

それを聞きながらぼくは、なぜ自分は日本から候補作を出せなかったのだろうと考えていた。非力で目配りが足りなかったということはある。最適の作品を見逃したかもしれない。しかし、やはりこの分野で優れた本は少ないのだ。その背後には、先に書いたように、外の世界についてわれわれが無関心だという事実がある。世界は激動しているのに、日本の中にいると無風のまま沼地に沈んでゆくような無力感がある。外に出るという姿勢において日本のジャーナリストや作家は自衛隊にさえ負けている。出てはいけない面々が出て、出るべき人々が動かない。

まあ、来年以降に期待することにしよう。

付記　ユリシーズ賞の受賞作などについて詳細は www.lettre-ulysses-award.org/ を、『だから、国連はなにもできない』を紹介するぼくの書評は www.impala.jp/bookclub/ または『風がページを……』（文藝春秋）を見ていただきたい。

アンナ・ポリトコフスカヤについては http://chechennews.org/ で彼女の文章の抄訳を読むことができる。

文中で少し述べた『ヘラトの縫い物サークル』は *The Sewing circles of Herat—A Personal Voyage Through Afghanistan*, by Christina Lamb（Harper Collins）である。

これらの本が日本語で読めるようになることをぼくは期待している。

ルポルタージュの成り立ち

『新装版　全集　現代文学の発見10　証言としての文学』（学藝書林）2004・3

去年、二〇〇三年に、ヨーロッパ各国を繋いで六か国語で刊行されているある文芸誌の主催で、「ユリシーズ賞」というルポルタージュ文学の賞が創設された。たまたまぼくは一回目の選考委員を務めて、このジャンルについていろいろ考えることになった。

ヨーロッパで選んだ作品とこの巻に収められた「証言としての文学」の諸作は重なるところもあり、そうでないところもある。この関係がなかなかおもしろい（数学の教科書にあった集合の図を思い出していただきたい）。

話の順序として、まずぼくがユリシーズ賞の選考委員になった経過を説明しておこう。二〇〇二年の十一月、ぼくはイラクに行った。当初の目的はメソポタミア文明の遺跡を見ることだったが、アメリカのブッシュ政権による武力攻撃を前にしたイラクの姿はそれ自体が広く伝えられるべきものだった。ぼくは帰国後、自分の見聞を、同行した本橋成一氏の写真と共に、大急ぎで『イラクの小さな橋を渡って』（光文社）という一冊にまとめた。まさにルポルタージュであり、文学の仕事でもあったと思う。

時期が時期だけにこの出版はある程度の関心を集めたが、世界中が注目するイラクについての報告を日本語の中に押し込めておくのは惜しいとぼくは思った。だが海外で版元を探して出版している暇はない。開戦の可能性は高まり、まさに焦眉の急だ。

ぼくはこの本を英語とフランス語、それにドイツ語に訳して、インターネットで配布することにした。それがユリシーズ賞の設立を準備していた事務局の目にとまったというわけ。ぼくが書いたものはたしかにルポルタージュ文学であった。

では、ぼくを含む十名ほどの国籍を異にする選考委員たちによってユリシーズ賞に選ばれたのはどういう作品であったか。詳しいことは「中央公論」に載せたぼくの記事（本書一一九ページ）を見ていただきたいが、一位に決まったのはロシアの女性ジャーナリストによるチェチェンの現状の報告だった。プーチン政権によるすさまじい弾圧の実態を文字どおり命がけで伝えるもので、被害者の側もさることながら、こういう任務を強いられてロシア兵の人間性がみるみる歪んでゆくさまがすごい。

この場合、作者のアンナ・ポリトコフスカヤはチェチェンの事態に巻き込まれたわけではない。彼女は取材のために自発的に争乱の地に何度となく赴く。殺される危険を承知で五十回以上行ったと伝えられる。

二位になったのは一九九一年の内戦で崩壊したソマリアからの多数の難民のその後を追った多角的なルポルタージュだが、著者のヌルッディン・ファラはもともとがソマリア出身の作家で、ソマリア崩壊の十数年前に政治亡命した後はヨーロッパで暮らしていた人物。彼の家族もみな難民になって各地のキャンプを転々としたのだから、これは人ごとではない。

ルポルタージュと文学の関係は、対象となる事態と作者の関係と複雑に重なり合っている。ことの経緯として、文学者がある事態に巻き込まれ、それについて書くという場合がある。大岡昇平は心ならずも捕虜となって『俘虜記』を書いたし、原民喜は原爆に遭って『夏の花』を書いた。長谷川四郎も同じような例だった。戦艦大和に乗っていなければ、吉田満は文学者になっていなかっただろうから、状況が文学者を作ったと言える。

しかし、広津和郎は自らの意思で松川事件に関わった。知らぬ顔で済ませることもできたはずだが、自分の目に露骨な不正義と映った事態を無視できなかった。裁判の傍聴は戦地の取材ほどの危険は伴わなかったとしても、真相を知ろうと自ら努力して伝えるという姿勢において彼はアンナ・ポリトコフスカヤとよく似ている。

伝えるべき主題を与えられた、否応なく押しつけられたという点で、原民喜や吉田満はヌルッディン・ファラに似ている。人生には使命が降ってくることがあるものだ。自分は小説を書くのが本来の仕事なのだから、ルポルタージュなど書きたくなかったとファラは受賞のスピーチで言っていた。

ぼくの場合はどうだっただろう。のんびり遺跡見物に行って、その国の姿が外の世界に伝えられていないと気づき、遅ればせに使命を悟る。大岡昇平と広津和郎の中間、ファラとポリトコフスカヤの中間かなと思う。

エピファニーの連鎖反応

『エリアーデ幻想小説全集2』（作品社）解説 2004・5

エリアーデの小説は読む者を幻惑する。自分はいったいどこに立っているのだろうと疑わせる。人はふつう、簡略版の世界図で生活をまかなっている。そして、たいていの場合、それが簡略版であることに気づきもせず、世界ぜんぶを知っているつもりでいる。だからエリアーデに出会って、自分の知らない無数のエレメントが見たこともないパターンを描いていることに一種の当惑を覚えるのだ。この、めまいのような当惑は心地よい。

そもそも簡略版の世界図の作りかたは国ごと、文化ごと、言語ごとに違うのだ。だから、日本とルーマニアというだけでも相当なずれがある。しかもエリアーデは宗教学に依る思想のコズモポリタンとして、世界の全体図を見ながらその時々に自在に自分の文学専用の簡略版を作り出す。それはずいぶんルーマニアに寄っているけれど、それ以上に作家その人の強烈な性格に負うところが大きい。

違う世界図とはどんなものか。例えば、われわれは死とは生の果てにある一線を越えて向こう側に行くことだという単純きわまる解釈に沿って人生を組み立てている。しかし、「イワン」や「ジプシー娘の宿」を読むと、死へのプロセスはそう単純ではないとエリアーデが言っていることがわかる。

どの社会の葬儀も外からは複雑に見えるが、実際にはそれは近親者の死を得心するための一連の手続きにすぎない。死に行く者自身にとって死はそう簡単なことではあるまい。一般にわれわれは(簡略版の世界図に従って)、死に接近する恐怖感やその不在とその後の空白というような構図でしか死を扱わない。

だが、本当は死は生涯をかけての大事業である。一本の線ではなく、広い舞台に繰り広げられる長いドラマである。そうエリアーデは言う。だからウクライナ戦線における一将校の死は長い撤退の旅路を通じて語られるし、タイムマシンである娼館に迷い込んだ老人の死は十二年の歳月を往来しながら伝えられるのだ。

本全集第一巻の沼野充義氏による優れた解説を経由してツヴェタン・トドロフを引けば、「幻想とは、自然の法則しか知らぬ者が、超自然と思える出来事に直面して感じる『ためらい』のことなのである」ということになる。冒頭でぼくが書いたことと重ねれば、われわれが日常使っている「自然の」世界図の傍らに「超自然の」世界があるのではなく、「自然の」世界図をも含む「超自然の」広大な世界があるのだ。

ふだんの簡略版の世界図では認識と判断の支えにならない事態に至った時、われわれは初めて超自然の世界が目前に広がっていることに気づく。その瞬間のことをエリアーデは何度となく書き、それを思想の核とした。聖なるものの顕現すなわちヒエロファニーという概念を鍵にすれば、宗教学と文学の両方に足を据えたエリアーデの仕事の全体を見ることができる。俗から聖に踏み越える、あるいは聖が俗を覆う、そういう劇的な変容の瞬間を、しかし瞬間としてではなく長いドラマの過程として行きつ戻りつ、彼は書く。すなわち、自分たちが使っていたのが世界図の簡略版にすぎないとわれわれが気づく瞬間である。

ここで、エピファニーの実例に踏み込む前にエリアーデにおけるヒエロファニーの定義をダニエウ・ポールスに依って確認しておこう――

「宗教的な想像力は、直観的な一瞬の発見によって、ありきたりの俗なる物体がそれ以上のものであるのを知り、その物体を聖なるものに変容させる。自然なものは、こうして超自然なものになるのである」

ヒエロファニーという言葉は正確だけれども、宗教学ではなく文学の側から見ると少し窮屈だ。「聖なるものの顕現」にまで話を限定せず、「何かの出現」まで話を緩めて、もう少し範囲の広い言葉であるエピファニーを用いることにしよう。

ジェイムズ・ジョイスはこれを「ものごと、事件、人物の本質が露呈する瞬間を象徴的に記述する手法」として用いた。ことの本質が明らかになる瞬間が人生にはある。事態の推移が簡略版の世界図をはみ出す時。真実が日常を覆う時。その時に遭遇した戦慄がエピファニーである。

隠されていたものが顕わになるとはどういうことか、歴史上の事例を見る。

紀元前三世紀、エジプトのある王が老いて死んだ後、宰相と王子の乳母という兄妹が王妃を暗殺して政権を奪った。王と王妃の死を秘密にしたまま、彼らの政治は十四か月続いたが、噂は噂を呼び民衆が騒ぎ出した。王と王妃の死が遅ればせに告知されたが、しかし民衆は納まらない。次は幼い王子が危ないというので、人々は王宮に入って王子を探し、ようやく見つけて馬に乗せ、競技場に連れ出して無事な姿を群衆に見せた。彼らは「エピファニア！」と叫び、歓喜した。王子はプトレマイオス五世エピファァヌスという名で即位した。

これが古典時代以来ずっと使われてきたエピファニーという言葉の典型的な用例である。エリアーデの小説ではこの概念が中心にある。彼の宗教学においてヒエロファニーが果たす役割を小説ではエピファニーが演じているとは言えないか。隠されていたものが顕わになることの驚きだけを駆動力として構築された物語の例として、この巻に収められた「ムントゥリャサ通りで」を丁寧に読んでみたい。

この作品は、ある話から他の話が生まれ、その由来を説明するためにまた別の話が語られるという『千夜一夜物語』方式の多重構造を持っている。しかしアラビアの話と異なって、こちらではそれぞれのエピソードのサイズや性格、歴史的位置や奥行きなどのばらつきが大きく、読む者はなかなかパンフォーカルな全体像を得られない仕掛けになっている。

もともと小説には全体を一望の下に見るという視点はない。その点で小説と絵画とは原理が異なる。ピカソの「ゲルニカ」を見る時、人はまず全体を見る。よく見る。それからゆっくりと細部に関心を移す。右端の上を向いて絶叫する男、そのすぐ左の窓から入ってくる首と、ランプを持った手、その左の電灯、その下の馬、更に……と視線を動かす。

だが、小説には開かれたページがあるだけだ。読者には奥行きのない真っ暗な部屋の壁に掛けられた「ゲルニカ」を、小さな懐中電灯の光で走査しながら見ることしか許されていない。さっき見たところと今見ているところの関係は自分の頭の中で組み立てなければならない。

通常の小説ならばこれはさほど困難な作業ではないだろう。なぜなら構図はすべて肖像画のように約束ごとに従って決まっており、顔を見て下の方に視線を振ればそこは首から胸である。ヌードならばそこに乳房があるはずだ。

しかし、エリアーデの小説ではそういうコンヴェンションは無視されている。次々に見えてくるもの同士の間の脈絡がなかなか摑めない。まるで異質のものがぶつかり合い、互いを浸食し、コヒーレントな像を結ばないように示し合わせている。むしろアルチンボルドの絵のように細部で見えているものと全体との関係は断絶していると言おうか。そこに大きな飛躍があるのだ。

素材となるエピソード群を整理してみよう。「ムントゥリャサ通りで」には大別して二つのプロットの流れがある。一つは話の中の現在で、これは昔ムントゥリャサ通りの小学校の校長だった老いたザハリア・ファルマがかつての教え子ボルザのアパートメントを訪れるところから始まって、次にファルマが身柄を拘束されて、最初は官吏ドゥミトレスクを相手に、やがてはエコノーム次官やアンカ・フォーゲル大臣を相手に、はるか昔のいくつもの事件のことを語りはじめ、また要請によって同じことを文書に書いて提出する、という場面を中心に進行するもので、この現在のことの流れは最終的には国庫金横領の露見とエコノームの自殺、アンカ・フォーゲルの失踪ないし逃亡という現実的な結果に至る。

もう一つの流れはファルマの語る内容であって、これが実に錯綜している。時間軸に沿って並べてみれば、まず一七〇〇年ごろにヨルグ・カロンフィルとその妻アルギラという貴族の夫婦がいて、妻の視力を回復するための研究の過程でカロンフィルが地中に住むブラジンという不思議な種族のことを知り、その謎に取り憑かれる。これがすべての始点。

その後、一八三五年に話は飛んで、シリストラのパシャの息子であったセリムが、テロを働こうとして捕らえられた少年が足に石を縛ってドナウ川に放り込まれるところを救い（この時期、ルーマニアはオスマン帝国の領土ではないが貢納国であった）、二人は親友になる。ところがこの少年ファニカ・トゥンスは長じてからセリムの二人の妻の両方を寝取ってセリムの恨みを買い、「その男の一族は子孫代々妻に逃げられ、その娘は獣と交わるがいい」という呪いを受ける。

話は二十世紀に入る。トゥンスの孫娘オアナは身長二・四メートル近くありながら「まるで女神の像のような美しさ」を備えた大女で、山をさまよい、呪いのままに牡牛と交わったものの、コルネリウス・タルヴェストゥ博士という同じように大きな理想の夫を見つけて結婚式を挙げる。それが一九二〇年の秋のこと。

それ以前にオアナは一群の少年たちと親しくなっていて、この少年たちがファルマの教え子で、だからファルマはすべてを知っていてドゥミトレスクたちに長い長いことの経緯を話すことができた、というところで第一の流れと第二の流れは結ばれている。オアナは民話的なヒロインの資格を持ちながら現実の歴史の中に生きた人物として、いわば二つの世界をつないでいる。

しかし、第二の流れの中心にあるのはカロンフィルからオアナに至る系譜ではなく、一九一五年の十月にラビの息子ヨジというユダヤ人の少年が地下室に湧いた水の中を探検に行って行方不明になったという事件とその後日の話で、実際ファルマはこちらの話から始めて次第にオアナやカロンフィルの話が混ざってくるのが小説の展開なのだ。この地下室からの失踪の十五年後の一九三〇年には少年たちの仲間の一人だったダルヴァァリ・パトルという人物が黒海に向けて飛行機で離陸したまま行方不明になるという事件が起こっていて、ドゥミトレスクが知りたいのはこの事件の顚末ないしその背後の秘密であるらしい。

ある意味ではこの小説の真の主人公はこの少年グループである。ダルヴァリの親友だったゲオルギツァ・リクサンドルのことが詳細に語られるし、ヨジの失踪も少年たちの冒険の一部だった。彼らの地下室探しは、仲間の一人であるアルデアが知り合ったアブドゥルというタタール人の蠅取り少年に、「水の溜まった地下室があったならば……あるしるしを捜せ、そしてそのしるしが全部揃っていたら、その地下室は魔力に縛られていて、そこからはあの世へ渡っていける」と教えられたのをきっかけに始まったが、家々を訪ねて地下室を見せてもらい、そのお礼に詩を朗読したのはリクサンドルだった。また、ヨジがいなくなった地下室で他の少年に先立って最初に水に入ったのも彼だった。

少年グループの活動とカロンフィル家の過去をつなぐのはオアナだけではない。ドラゴミールとザンフィラという従兄妹同士の二人が、少年たちが夜毎集った居酒屋に登場する。この二人はカロンフィルの血を引く末裔らしい。ザンフィラは彫刻家であってオアナに女神像の理想のモデルを見出すのだが、その一方、彼女の本名はマリナで、ザンフィラというのは二百年前にアルギラの視力を取り戻す方法を教えた若い娘の名である。マリナは自分をザンフィラになぞらえ、その名をなのり、「人々に、どのようにものを見るか、そのすべを教えるために戻ってきたのだ」と信じている。それが彫刻というもののオルフェウス的な意味だ。ミケランジェロは大理石を彫って何かを作るのではなく、大理石の中に隠された像を光の中に解放するのが彫刻だと言った。見ること、見つけること、見ようと試み、見えたものに驚くこと。エピファニーの主題がここにも顔を出す。見えたものをしっかり観るかどうかは読者の判断だが。

もう一度、話を細部に戻せば、アルギラの視力を回復した過去のザンフィラはカロンフィル家の番頭か差配のような立場のムントゥリャサという男と結婚して家と土地を得る。これがこの小説のタイトルとなったムントゥリャサ通りの起源である。

と書きながら、しかしこれはただ単に「話を細部に戻す」ことではないと気づく。つまり、エリアーデにあっては、このふるまいこそがエピファニーを経由して世界の真の姿を見て取るための手段なのだ。この細部への確信を体現する人物、それ以外の面では無といってもいい人物がファルマであり、だからこそ彼はすべての語り手であって、「ある種の細かなことは、どうしてもなおざりにできないのです。一見したところとるに足らないように見えて、その実、もっとあとの方で生じることにとっては決定的なのですから」と主張するのだ。

アリストテレスが世界を確定可能な諸要素に分解し、それを樹枝状のディレクトリーに沿って再配置して全体像を作ったとすれば、その果てにニュートンの冷たい整然たる宇宙があるとすれば、その対極の位置にあるのがエリアーデの世界像である。科学にあってすべては安定し、計算可能であり、なによりも見えている。エリアーデが信じるところの文学に於いてはすべては隠されており、予想不能であり、発見を待っている。

最近になってようやく科学の場に偶発という概念が登場して、ある種の現象を説明するためにいわゆるカタストロフィー理論が語られるようになった。ヒマラヤ山中で蝶が一羽飛んで空気を乱したために、しばらくの後に日本に台風が来る。事象の連鎖にはそのような予想不能の回路がある。台風襲来の遠因を段階を追って辿ってゆくうちにやがてヒマラヤの尾根をかすめて飛ぶ一羽の蝶にことは帰着する。遡る一段階ごとが驚きであり、発見であり、エピファニーである。

だからアンカ・フォーゲルは夢中になって話を聞くのだ。話はいくらでも脱線するけれど、それが話というものの本質なのだ。細部への固着をもう一度くりかえして、ファルマはオアナの父親の友人だったドクトルという魔術師を介してヴーヴ・クリコのばら色のシャンペンの話を持ち出してことをいよいよ錯綜させることを指摘した上で、このドクトルなる人物が、「ムントゥリャサ通りで」と同じ一九六七年に発表されたガブリエル・ガルシア＝マルケスの『百年の孤独』に登場するメルキアデスという魔法使いによく似ていることはファルマならぬ、またエリアーデならぬ、ぼくが付記しておこう。かくエピファニーの連鎖反応は止まるところを知らない。

一方で『世界宗教史』という体系的な、アリストテレス的な著作を組み立てながら、もう一方でまこと反アリストテレス的な小説を書く。この対立する原理の衝突がエリアーデという現象ではなかったのか。

この世界では、細部の集積が全体ではなく、全体が細部を独裁的に支配しているわけでもなく、この二つは互いに倒錯的に関わり合っていて、その間は無数の（現代物理学で言うところの）ワームホールによって結ばれている。ファルマは聞き手の一群を引率してそのワームホールを自在に走り回る。

この巻では「ムントゥリャサ通りで」が一番の力作であり、最も錯綜の度が高いからこれを選んで解いてみたが、同じような深い読みは他のどの作品を相手にも可能だろう。そして、エリアーデ以外の作家のものを読んでこのような成果を得ることはないだろう。

これが、ぼくたちがめまいを求めてエリアーデを読む本当の理由である。

『野生の思考』と物語の擁護

〈『神話の論理』の森へ〉（みすず書房）2006・4

自分にとってレヴィ＝ストロースとは何者であったか、あらためて考えてみる。ぼくは文化人類学者ではないし、いわゆる思想家ではない。一介の小説家は構造主義の創始者にいかなる恩恵を受けたか。思想はいかに機能するか。それを私的な範囲で探ってみよう。

これまでいろいろなものを書いてきたけれど、その間ずっと視野のどこかにこの人の姿があったような気がする。言ってみればレヴィ＝ストロースは高い独立峰であって、ぼくはこの山を中心とする一定の領域内をずっと歩き回っていた。その特異な形は時には近く、時には遠く、あるいは西に、あるいは北に、常に見えていた。言い換えれば、ぼくはレヴィ＝ストロースが見える方位と距離によって自分の位置を計っていた。彼は思想的座標の基準点だった。

さまざまなことでぼくは彼に頼った。まず物語のことがある。

幼い頃、ぼくは物語を読むことを後ろめたく思っていた。自分がそれを好むことはよく知っている。放っておかれればいつまでも本を読んでいる子供だった。しかしそれは、正業というのは大袈裟すぎる言葉にしても、本来ぼくが最も力を込めてすべきことではないとされていた。推奨される勉強の範囲に入っていなかった。ぼくだけでなく誰にとってもたぶんそうだったはずで、だから世間では「詩を作るより田を作れ」と言ったのだ。

読むことだけでなく当然ながら書くことも、書物が今のように普及する以前ならば物語を聞くことや語ることも、正業ではなかっただろう。それはいわば昼の労働ではなく夜の余暇に属する営みであり、農閑期の楽しみであり、人生の余興でしかない、とぼくは教えられた。

これは逆説的なエピソードだけれども、子供の時に一枚の小さな絵に勇気づけられたことを思い出す。エリナー・ファージョンの『ムギと王さま』だったと思うのだが、扉にカットが入っていて、それは大きな本を膝の上に広げて夢中で読んでいる幼い子の絵だった。ここにも本を読む子がいる。ぼくは仲間を見つけたと思った。しかしその遠い絵の中の子への連帯はぼくにとって内的な支えではあっても、読書にふけることへの弁明にはならなかった。ぼくは内心では「詩」は「田」と同じように大事だと信じていた。それを論理的に説明することはぼくの中の課題として残った。

その説明がレヴィ＝ストロースからやってきた。これはこの偉大な文化人類学者を論じるにあたってずいぶん迂遠な、素人っぽい、ひょっとしたら見当違いな道かもしれない。ぼくはこの巨象の足しか見ていない可能性は高い。しかしそれは確かに足であって、地面に最も近い部分だ。人にとっての物語や神話の意味。さしあたっては、ここから入ると決めて論を進めてみよう。

文学の一つのジャンルとして神話や民話がある。ぼくの少年時代の精神的支えだった創元社の「世界少年少女文学全集」にもギリシャ神話があり、各国の民話が何巻か入っていた。しかしその後で読んだ筑摩書房の「世界文学大系」には「ホメーロス」はあっても「神話」という巻はなかった。神話や民話は文学一般ではなく口承文芸という一級下の項目に入れられることになっていた。あるいは文学研究とは別の学問の守備範囲だった。

文学の意義を文学は立証することができない。エッフェル塔からエッフェル塔は見えない。そのためには一度外に出なければならない。ぼくはレヴィ＝ストロースに導かれて神話学の方へ入っていった。

最初に出会った『悲しき熱帯』は芯を捕らえるのがむずかしい本だった。あれは川田訳の前の版、室訳の『悲しき南回帰線』の方ではなかっただろうか。「私は旅が嫌いだ」という魅力的な反語ではじまる旅行記の体裁は、気持ちよく読み進められる分だけ、論議の本質に踏み込むのがむずかしい。若いぼくはこの本の価値をつかみかねた。

だからぼくにとって本当の入門は『野生の思考』で、手元にあるのは一九七六年の二刷の版である。この本の衝撃は忘れがたい。優れた思想というのは常にそうだが、ものを考えながら育ってきた人間の心のあちこちに残った多くの疑問をまとめて次々に解決してくれる。それはまこと爽快なもので、翌日からは世界がくっきり見えるという感じなのだ。

その頃、ぼくは三十歳を少し過ぎたところでギリシャで暮らしていた（だからこの本の英語版をエレフテルーザキスというアテネの本屋で買ったのを覚えている）。当時、ぼくの中にあった最も大きな疑問は、近代は信用できるかということだった。その時まで近代を信奉しながら自分を育ててきたけれども、その過程でいくつもの反証に出会った。それが分裂したまま、先の展望がなかった。太平洋の小さな島々を訪れて近代化の姿を見ながら、その背後に前の時代の遺産を探した。新しいぴかぴかのものへの不信感がどこかにあった。

その一つは進歩史観への疑問だった。時間がたつにつれてすべてがよくなるという保証もないままに、過去において人は貧しく、愚かで、不幸だったと言い切る。知識の増加がそのまま進歩であるという科学の思想と、それが人間の幸福を保証するわけではないという実感の間に大きな隙間がある。高度経済成長の時期の日本ではマルクス主義の過去観と経済企画庁の未来観が手を取り合っていた。ぼくはそれに反発した。

かつて、人は愚かだったのか。地球が太陽の回りを巡っていることさえ知らなかったのか。しかし、愚かというのは判断力の不備であって知識の不足ではない。太陽の方が回っているとしたところで、日常生活には何の支障もない。すべての学説は仮説である。それに、親の世代を見て、もう少し前の世代を見て、自分たちを見れば、人間が時とともに賢くなっているなんて言えるわけがない。

結局はデカルトを受け入れるかどうかだ、とぼくは考えた。正確に言えば、デカルトだけでやってゆくか否か。大学で物理学を勉強してみたのはそのあたりを確かめたかったからだ、と後になれば意味づけることができる。結果としてぼくにはデカルト的にロジックを操作する数学の能力がなかったし（これは物理学がぼくに対して下した評価）、問題の細分化と、それぞれの解決と、結果の総合というデカルトの方法に満足できなかった（こちらはぼくが物理学に対して与えた評価）。デカルトには、飛躍、連想、比喩、通底、円環的な運動、そして精神の自由かつ奔放な運用などがない。

彼はひたすら問題に接近してゆく。近づいて精査すればことは解決すると信じている。だから、一歩さがって、ぜんたいを見て、遠く離れたものを直観的に結びつけるということをしない。それは主観と恣意に基づく間違ったやりかたであって、そこから曖昧が侵入しかねない、と彼は言う。機械にあっては部品と部品は接していなければならない。リンクを確保しないと力は伝わらない。世界解釈の論理構造もまた同じ。

この方法に沿って思考の訓練を受けると、「非科学的」なものへの警戒心が強くなる。言い換えると、デカルト的な科学は非寛容であり、排他的であるということになる。科学は科学以外を排除する。

『野生の思考』はなかなか戦闘的で、最初から未開の思考の積極的な弁護で始まる。未開人は抽象語を持たないという偏見を軽く否定した上で、植物の命名と分類において未開人が近代科学人に劣るものではないことを主張し、証明する。ここに言う「未開人」が、近代科学に則った「飼い慣らされた」思考法を身につけていない人という意味であって、それ以上でないのは明らかだ。

人は関心があるものを綿密に観察し、知識を蓄え、似たようなものを羅列して、分類して、系統化し、一つの図式を作り上げる——「概念が豊富であるということは、現実のもつ諸特性にどれだけ綿密な注意を払い、そこに導入しうる弁別に対してどれだけ目覚めた関心をもっているかを示すものである。このような客観的知識に対する意欲は、われわれが『未開人』と呼んでいる人びとの思考についてもっとも軽視されてきた面の一つである。それが近代科学の対象と同一レベルの事実に対して向けられることは稀であるにしても、その知的操作と観察方法は同種のものである。どちらにおいても世界は、欲求充足の手段であるとともに、少くともそれと同じ程度に、思考の対象なのである」。

これは人を近代の呪縛から解放する言葉だ、とぼくは思った。デカルトは恩恵であると同時に呪詛である。『方法序説』は、極度に抽象的な原則の高みまで登ってから普遍の名のもとに降りてくる点において啓示宗教の神学によく似ている。デカルトの哲学は、外のわれわれから見れば、そのままキリスト教の中に納まっているように見える。天地創造から始まって最後の審判に到る直線的な時間軸を前提としている。マルクス主義もこの神学のパラダイムの中にある。

キリスト教の神学と自然学は重いし、科学も同じように重いとぼくには感じられた。「新しい時代のコペルニクスよ、あまりに重苦しい重力の法則から銀河系統を解き放て」と宮澤賢治が書いた時（「生徒諸君に寄せる」）、彼が考えていたのはコペルニクス以上にニュートンやデカルトの「法則」だっただろう。

この圧制に対して、さまざまな反抗の試みがあった。文学は日常の感覚から出発して、想像力を奔放に駆使し、現実とは異なる事態を捏造する。これがこうでなかった場合を考える。

ぼくは物語の中心にあるのは他者の人生への強い関心だと思っていた。これはすべての人間に普遍的な資質だ。われわれのゴシップ好きはこれで説明できるし、この基準によって世界文学史を叙事詩からプルーストまでたどることができる。ギリシャ神話のような整備された神話について、神話は神様たちに関するゴシップだとすれば、これもまた大きな間違いではない。

しかし、レヴィ＝ストロースは、神話は人間にとって世界解釈の手段だという。そもそもホモ・サピエンス・サピエンス以前の生物には外界はあっても世界の概念がなかった。自己と外界を対峙させる構図がなかった。われわれは神話によってようやく外界を世界に作りかえることができた。これは彼が初めて言ったわけではなく、多くの文化人類学者の思索の成果としてこの考えが出てきたのだけれど、しかしレヴィ＝ストロースの主張は決定的だった。

『野生の思考』には神話の引用はあまり多くない。後の『神話論理』が実に多くの神話の実例によって構成されているのと対照的である。それでも、初めて読んだ時にはそのわずかな実例がとても印象的だった。例えばこのオーストラリアのアボリジニの話——

「天地初めのとき、ワウィラックの姉妹は海の方に向かって歩き出し、途中で土地や動植物に名をつけていった。二人のうちの一方は妊娠中であり、もう一人は子供を抱いていた。二人は出発する前に、同じ半族に属する男と同族相姦の関係を結んでいたのである。（改行）妹の方が出産してから二人はまた旅を続けたが、ある日のこと彼女たちが属するドゥア半族のトーテムである大蛇ユルルングルの棲む池のほとりに足をとめた。ところが姉の方が水を経血で汚してしまった。大蛇は立腹して姿を現わし、大雨を降らせ、一面の大洪水をひき起こした。それから蛇は、女たちと子供たちを呑み込んでしまった。大蛇が鎌首をもたげると水は地面や植物を覆いつくした。蛇が寝そべると水は消えた。」

この神話はこの地域における安定した気象の変化、定期的な雨期と乾期の交替を説明するものなのだが、それにしても、この話のなんと魅力に富むこと。地表に女たちが配置され、大蛇が登場することで世界に生命が吹き込まれる。すべてがいきいきと動き出す。この躍動感を求めて人は物語を読むのだ。

この逸話がなければ外界は世界になれなかった――「ワウィラック姉妹が同族相姦を犯し、ユルルングルの井戸を汚さなければ、地上には生も死も、性交も生殖も存在しなかったであろうし、また季節の規則的交代もなかったであろう」。

人間は目前にあるものをそのまま受け入れはしない。なぜそれがそうあるかを説明したがる。神話的説明ないし理由づけによってそれはいわば聖別され、世界のパーツとしての資格を得る。われわれは諸物の縁起譚に囲まれている。それによって安心を得ている。神話を創造すること、一つのストーリーによって世界と自己を通底することは、人間にとって食ならびに性と同じく基本的な、最も大事な知的活動である。

ここでようやくぼくの論旨は冒頭に戻る。幼いぼくは物語を読むことを後ろめたく思う必要はなかったのだ。なぜならば、「神話や儀礼は、しばしば主張されたように、現実に背を向けた『架構機能』の作り出したものではなくて、それらの主要な価値は、かつてある種のタイプの発見にぴったり適合していた（そしておそらく現在もなお適合している）観察と思索の諸様式のなごりを現在まで保存している」から。

この形の知恵はいつ始まったのだろう。ホモ・サピエンス・サピエンスをそれ以前のヒトと分ける大きな指標として頭頂部の解剖学的発達がある。ここは脳ぜんたいの働きを統括する前頭連合野を収めたところで、シンボル操作やイメージ構成を担う象徴機能もここにある。ネアンデルタール人とクロマニョン人のふるまいが分かれるのはこの部分の発達段階だ、と現代の自然人類学は教える。神話は自然現象の背後に人格を想定し、そのふるまいを時間軸に沿って展開する。これはまさに物語の原理ではないか。

とすると、心の考古学を辿れば、神話は新石器時代と同じだけ古いということになる。いや、神話論理を駆使できるようになった時にこそ新石器時代が始まったと言うべきか。そこでわれわれの知的な意味での祖先が誕生した。

祖先という以上、彼らは知の尺度においてわれわれと同格でなければならない。そうであったに違いないのだ。『ギルガメシュ』や『オデュッセイア』を文学の始点と見てはいけない。むしろあれらを到達点とする厖大な神話の創造が過去の何万年かに亘って行われてきたと考えなければならない。

「土器、織布、農耕、動物の家畜化という、文明を作る重要な諸技術を人類がものにしたのは新石器時代である。今日ではもはや、これらの偉大な成果が偶然の発見の偶然の集積であると考えたり、ある種の自然現象を受動的に見ているだけでみつかったものだとする人はあるまい」というレヴィ＝ストロースの断言の中に文学も置かれるべきなのは明らかだ。人は初めから文学的だった。

個人の思想の中心にあるのは案外感覚的なものかもしれない。ぼくの場合、今の世界に住むわれわれホモ・サピエンス・サピエンスの知的能力の均一性への信頼がすべての思考の土台にある。人間のありかたは社会環境に大きく左右される。だから「氏より育ち」と言うのだが、しかし氏の部分は一定の偏差の範囲で同じ。先進国の民も途上国の民も先住民も、もちろん男と女も、差異はない。また、数万年前に誕生したばかりのホモ・サピエンスとわれわれの間にも知力の違いはない。なぜなら彼らはわれわれと同じように神話論理を用いることができたから。

これは信念だろうか。信念でしかないと思っていたものをレヴィ＝ストロースは実証した。彼の論法そのものが、充分に科学的かつ論証的でありながら、それでもデカルトを大きく逸脱している。彼はソシュールやヤコブソンの言語学を土台に構造人類学を組み立てたけれど、この方法自体が比喩を重ねて本質を削り出すという、神話論理に沿ったものであるようにぼくには思われる。Aの分野から抽出したフレームをBの分野に当てはめてみる。

レヴィ＝ストロースは逆偏見としての「高貴なる野蛮人」を軽く突き放す。それがまこと散文的な実例によって明示されている部分が『野生の思考』にある——「未開人と呼ばれる人々が自然現象を観察したり解釈したりするときに示す鋭さを理解するために、文明人には失われた能力を使うのだと言ったり、特別の感受性の働きをもち出したりする必要はない。まったく目につかぬほどかすかな手がかりから獣の通った跡を読みとるアメリカインディアンや、自分の属する集団の誰かの足跡なら何のためらいもなく誰のものかを言いあてるオーストラリア原住民のやり方は、われわれが自動車を運転していて、車輪のごくわずかな向きや、エンジンの回転音の変化から、またさらには目つきから意図を推測して、いま追い越しをするときだとか、いま相手の車を避けなければならないととっさに判断を下すそのやり方と異なるところはない」。

この愉快な並列の背後にあるのは、知力の平等性、神話的思考の普遍性の主張である。もう一歩踏み込んで言えば、時代を隔て、人種を違え、文化を異にする人間すべてに共通の資質が存在することをまず認めるということだ。さまざまな人間集団の間の差異を言い立てることは常に可能だし必ずしも無意味とは言えないけれど、その大前提としてまず人間を最も基本的な資質によって定義しなければならない。それは二足歩行でも道具や言語の使用でもなく（そこまでならばネアンデルタール人にもある程度まで備わっていた）、神話論理による世界解釈である。

デカルトは分解する。レヴィ＝ストロースはいくら分解したところで、構造という分解しきれないものがあると言う。取り外せるのはパーツだけであって、その全体を納めた枠組みはそれ以上小さな単位にはならない。それを認識するには分析ではなく神話思考によらなければならない。

神話はその起源において器用仕事《ブリコラージュ》だとレヴィ＝ストロースは言う。それを読んでぼくは、人が神話を組み立てながら頭の中でこの枝のここにこの皮紐を結んでみたらどうか、という具合に発想している場面を想像した。ブリコラージュは本来無縁な遠いものをまず頭の中で結びつけ、この理不尽な操作の結果を予想する。脈絡なきところに脈絡を見出す。それは本当に見出されたのか。脈絡は、物語は、創造されたのではないか。かくて工学が文学に通底する。

レヴィ＝ストロースはこの点をディッケンズの『大いなる遺産』を例に取って「器用仕事《ブリコラージュ》の第一の面は、統合連鎖の断片をもって範列体系を作り上げることである」と言う。それに続いて彼は、「範列関係の体系から新しい統合連鎖が生まれる」と結論づけ、この過程には「現実と空想の全面的再組織が必要であり、その中では隠喩のいくつかが換喩的価値をもち、逆に換喩のいくつかが隠喩の価値をもつことになるのである」と言う。

この過程がまさに文学なのだ。

昔、もっぱら詩を書いていた時に、詩作というのはブリコラージュだと思った。自分の頭の中にある文章表現の切り貼り、感情と言葉のセットの備蓄の中から最適の組合せを見つけてきて羅列し、新しい脈絡を作る。エリオットが『荒地』で提示したこと、宮澤賢治が『春と修羅』で試みたこと、入澤康夫が『わが出雲・わが鎮魂』でなし得たこと、すべてブリコラージュではないか。こういう作業において人は最も創造的になるのではないか。

先日、自分の別の著書の中に引用した前記入澤康夫の一節をここでも引くという誘惑をぼくは抑えることができない。これはそのままレヴィ＝ストロースだと考えざるを得ない。

やつめさす
出雲
よせあつめ　縫い合された国
出雲
つくられた神がたり
出雲
借りものの　まがいものの
出雲よ
さみなしにあわれ

（『わが出雲・わが鎮魂』）

すべて神話論理は「借りもの」であり「まがいもの」である。器用仕事《ブリコラージュ》である。すなわち、自然そのものの横に人間が構築した似姿だ。

だんだん話が雑談めいてきた。もともと、何を論証するという意図もなく、レヴィ＝ストロースを遠望しながらものを考えてきたと述懐するだけを目的とした文章だから、もう一つ逸脱のエピソードを添えておこう。

この文章を書くためにひさしぶりに『野生の思考』を読み返していて、昔の鉛筆のマーキングや書き込みを懐かしいと思いながらページを繰るうちに、自分の迂闊さを大声で笑わなければならない事態に遭遇した。

チューリンガだ。かつて『野生の思考』の中でこのオーストラリアの先住民の聖遺物に関する興味深い記述を読んでいたはずなのに、これがすっぽり記憶から抜け落ちていた。だから十年ほど前にブルース・チャトウィンの『ソングライン』の中でこの言葉に再会した時、それと気づかなかった。チャトウィンはチューリンガのサンプルが大英博物館に収蔵されていると書いている。

その後、ぼくは大英博物館に何度も通って展示のほとんどを見たけれども、チューリンガはなかった。収蔵庫の中にあるかと質問を出しても返事は得られない。それならばオーストラリアに行ってみようと思った。目指すはアリス・スプリングス。ここに中央オーストラリア博物館という施設があり、ここにチューリンガがあることはわかっていた。ただし見られるかどうかはわからない。

正確に言うと、チューリンガがあるのはこの博物館に併設されているストレーロウ研究センターの方であって、ここは公開の施設ではない。それ以上に、ここにあるチューリンガはかつて研究者テッド・ストレーロウがアボリジニの長老たちから他人には見せないという条件のもとに預かったものだという。現地に着いてから手に入れた情報でそれがわかった。念のためと思って聞いてみたところ、やはり返事はノーだった。

ところが、ノーと言った研究所のスタッフが、同じ町の「パノラマ・グート」という博物館にはチューリンガが公開されていると教えてくれた。早速行ってみる。ガラス・ケースの中にいくつものチューリンガが展示してあった。撮影は禁止というので、長円形の表面に描かれた同心円と矢印からなる図形をメモ帳にスケッチした。

それに、『野生の思考』の写真ページで再会したのだ。こちらは円形で、たくさんの同心円を二重線でつないだ図形だが、大きな違いはない。それにぼくはこの写真を覚えていた。記憶の中に呼応するものがあった。二八七ページには長円形のチューリンガ二点の詳しい図がある。レヴィ＝ストロースはストレーロウを参照している。チャトウィンに紹介されて会った相手が実は旧知の人で、「なーんだ、君だったのか」という感じの再会。向こうは「私を忘れるなんて、不人情な人だ」と言っているかもしれない。

レヴィ＝ストロースはチューリンガの聖性を強調するのではなく、古文書になぞらえてその機能を説明する──「それはとくに、取得者の手から手へとつぎつぎに渡される不動産登記証書によく似たものである（しかも紛失や毀損の場合には作り直すことができる）。違うのは、ここでは所有者が不動産を保有するのではなくて、用益権者が精神的生理的人格を保有する点だけである」。

このような論法にはどこか解放感がある。聖遺物ではあるけれど、チューリンガとは結局、権利書みたいなものではないか。人は最初から人であったし、その資質は時とところを隔ててもあまり違いはない、というレヴィ＝ストロースの基本的な姿勢がぼくは好きだ。

ぼくには文明という、近代に至って極度に肥大した文化システムへの不信がある。世界史を四大文明の発祥から始めるのは物質主義に寄った一つの偏見ではないか。文明は基本的に物質主義的な概念である。都市に人が集まり、ものを集め、その集中と高密度化の中から生まれるもの。

その影響を排除して人間を人間として見るためには文明以前に遡らなければならない。人を人として定義するのはピラミッドではなくて神話・物語ではないか。その結果、反語的になるが、文明史としての人間史という物語が書かれることにもなる。

ぼくは人間の定義をレヴィ＝ストロースに負っている。すべては『野生の思考』から始まった。小説も評論もずっとこれに則って書いてきた。個人的な一つの事例だから、首尾一貫した論旨などはなく、こうして報告してみれば、結果は雑然としたものにならざるを得ない。

言ってみれば、この文章そのものがぼくがこれまで考えてきたことというガラクタの山をひっかきまわしたあげくのブリコラージュだ。こんな形でレヴィ＝ストロースをなぞることになったのも、彼の思想の影響の深さだろうか。

『方法序説』はシンプルで美しいが、『野生の思考』は雑多でちらかっている。『神話論理』となると広がりすぎて手も着けられないほど。しかしそれがいかにも人間くさくて、魅力があるのだ。小さな話の一つ一つにぼくは仲間を見出す。この喜びが、ぼくにとっては、文学の第一原理である。

Ⅲ

異文化に向かう姿勢――岡本太郎を例として

『異文化はおもしろい』（講談社選書メチエ227）2001・11

文化は人間に似ている

まず言葉の定義から始めなければならない。

人間は他の生物と異なって、自然をそのままでは用いず、常に何らかの技術と知識によってより効率的に高度に利用することを心がける。これが文化である。

従って、人間が生きることは必然的に文化を生み出す。あるいは文化に依らずして生きることができないのが人間である。近年に至って文化の範囲は広がる傾向にあり、ニホンザルによる芋洗い行動なども文化と認められて、その領域はヒトを超えるようになった（ただし、所与のプログラムを機械的に実行するだけのいわゆる本能的行動は文化ではない）。その一方、対応する自然の抽象度に応じて、あるいは自然の抽象的側面から出発して、文化が哲学や宗教の段階にまで至り得ることは言うまでもない。

文化の価値は相手とする自然をいかに効率的に利用するかでのみ決まる。自然はまことに多種多様であり、文化は自律的に成長するから、ある土地において自然Aを相手にして育った文化aと別の場所で自然Bを相手に育った文化bを比較することには意味がない。インドネシアの稲作と日本の稲作の優劣を論ずるのはナンセンスである。

文化は人間そのものに似ている。人間を身長で比べ、体重で比べ、年収や偏差値や皮膚の明度や一〇〇メートル走の記録や打率、その他ありとあらゆる尺度で比べることはできるけれども、その尺度にはそれ自身を超えるような意味はない。あなたは体重や偏差値だけを基準に恋人を選びはしないだろう。

文明は違う。たまたま明治期の日本人がcultureという言葉とcivilizationという言葉の両方に「文」という字を含む訳語を当てたためにしばしば混同され、広辞苑でさえ文化について「文明とほぼ同義に用いられることが多いが」などと見当違いなことを書いているのだが、文明は文化と違って計量可能である。

なぜならば、文明という概念の中心にあるのは財を集めるということだから。文明はまずもって量の誇示である。ピラミッドは王の墳墓ではない。あれだけの労働力を動員できる国力の表現、余剰な食糧の量と大事業を統括しうる優れた官僚機構の実力の誇示である。近隣の諸国から見て、あれほどの国力を持つ国を攻めるのは得策ではないと判断させるためのデモンストレーション。

語源に遡って考えれば、文明とは都市化の謂《い》いである。civilization はラテン語の civics 市民に由来する。そして、都市というものの基本原理が財を集めるということなのだ。都市は広い農村地帯から食糧を集めることで維持される。その範囲が広いほど都市は大きくなり、その力を誇る。多くの人口を擁する大都市に築いた大廈《たいか》高楼《こうろう》に納まって山海の珍味を並べ選りすぐった美女を侍《はべ》らせる王は、この都市の規模を通じて自分の権力を示すのだ。

文明の話はひとまず措《お》いて文化に戻ろう。文化は人間に似ているという点が大事だ。それぞれに異なって、共通の尺度がないとなれば、お互いに敬意を払うしかない。古来、帰属集団を異とする人間どうしの出会いはそのまま文化の出会いであった。時として彼らはこの文化的な遭遇を文明的に捕らえて優劣を競った。具体的に言うならば、互いに自らの尺度で相手を計って、優越感に浸ったのだが、しかし、狩った鹿の数を誇る者と所有する車の馬力を誇る者の出会いに意味はない。馬と鹿を並べる者は……

異文化に出会う際の敬意と礼儀

異文化とは、まずもって自分の文化を前提とする呼称である。人と文化を置き換えてみれば、自分が自分であることを前提にして他人に接する時に眼前に立ち現れるもの、それが他者であり、異文化だ。

次に、すべての文化は相対的に等価値である。

以上二項を大前提として、異文化に出会う際の敬意と礼儀のことを考えよう。それは人と人が出会う時の礼儀とさほど異なるものではないはずだ。もう一歩踏み込んで言うならば、異文化との出会いには人と人の出会いとまったく同じように、反発や嫌悪、一目惚れや憧れや恋や仲違いに似た展開の可能性がある。実際、文化人類学というのはその客観化の努力にもかかわらず、どこまでいっても多くの人間的な矛盾に満ちた学問であるとぼくは思う。それこそが魅力であると思う。

以下に記すのは異文化に接する者の姿勢を論じた一つの事例の報告である。天才画家として広く世に知られた岡本太郎が三十年以上前に沖縄のある島で異文化に接した際のある行為の意味をぼくは問い直すことになった。

ことの経緯のほとんどは文章化されており、この場ではそれらを引用することでそれを伝えることができる。最初に来るのはぼくが「週刊文春」に定期的に寄稿している書評コラムの中で書いたものである〔註1〕。文体が少し軽いのは週刊誌というメディアに合わせたものと思っていただきたい。形の上ではこれは論争だから、アンフェアのそしりを免れるためにも、手を加えることなくそのまま再録しよう――

『岡本太郎の沖縄』という写真集が出た（岡本敏子編　日本放送出版協会）。あの画家の岡本太郎《おかもとたろう》である。

彼は一九五九年と一九六六年に復帰前の沖縄を訪れ、強烈な文化的刺戟を受ける。もともとマルセル・モースのもとで民族学を学んだのだから、異文化を見る目はあった。縄文土器をきっかけに古代的な力と生命観に目覚めた岡本にとって、沖縄は行き着くべき場所であったのだろう。日本に戻って彼は『沖縄文化論——忘れられた日本』（中公文庫）を書いた。そして、この旅の最中に撮った写真から作られたのが本書である。

彼は写真のプロではなかったが、しかし見事な写真だ。あの時期の沖縄が、現代日本の画一的な量産文化に覆われた今の沖縄とはずいぶん異なる姿が、着実に写しとられている。沖縄に住んで六年になるぼくが、現在の沖縄の風景の隙間にときおり見つけて、これが本来の沖縄だったと思うような光景がぎっしりと詰まっている。

具体的に言えば、ぼくの村の中でも女たちはもう頭にものを乗せては運ばない。たまたま近所のおばあがそうやっているのを見て、そうか、ここも頭上運搬文化圏だったかと改めて思うような次第。しかし、この本の中では女たちはまだまだ普通に頭でものを運んでいる。あれをやると背筋が伸びて立ち姿が本当に美しくなる。

その一方で背中にしょった大きな籠を額に回した紐で支えて運ぶ姿もある。これもあったのかと思い、実際には見たことはないなと自分の記憶を探る。

そういう単純な知識情報とは別に、まずもって人の顔がいい。とくに年寄りたち。こういう顔になるために人は老いるのだと得心させるような顔が次から次へと現れる。

これは今も変わっていなくて、この村の中でもいくらでも見られる顔なのだが、それでも懐かしさを感じるのは、それらの顔が周囲の風景の中に違和感なく溶け込んでいるからである。

今はまわりが変わってしまって、現代的にぴかぴかになって、その中でおばあやおじいはどことなく居心地悪そうにしているのだ。かつては年寄りはまちがいなく共同体の主役だった。今は、その地位に陰りが見える。新しいものばかり追う商業主義が購買力のない年寄りの権威をおとしめている。

沖縄の昔を集めた懐旧的な写真集は既に何点も刊行されている。しかしそれらは、例えば新聞社がストックの中から選んで編集したもので、風俗の表面をさらりと撫でているに過ぎない。資料的価値は高いけれども、それ以上ではない。

それに対して、この岡本の写真は沖縄の精神性の中心にまっすぐに入ってゆく。さすが天才と呼ばれた人は違うと思わせる。

と、ここまではいい。この本の価値をぼくは充分に認める。推奨する。しかし、実を言うと、これを取り上げるかどうか、岡本太郎の沖縄観を肯定するか否か、ぼくはずいぶん迷った。なぜなら、彼は沖縄で一つとんでもないことをしているから。

今年の五月に六十一歳の若さで惜しまれつつ亡くなった沖縄の写真家（にして民俗学の研究者）比嘉《ひが》康雄《やすお》の最後の著作『日本人の魂の原郷　沖縄久高島《くだかじま》』（集英社新書）の中にこういう記述がある

――

「久高島が太古から連綿と続けてきた風葬がとだえたのは、イザイホーの年、六六年に、心ない外来者が風葬途中の木棺を開けて、シマ人にはまだその死者が判別可能な状態のところを写真撮影し、しかもこの写真を雑誌に発表する（一九六七年）という、シマ人にとっては予想もしない事件が起きたことが原因である。この事件のせいで風葬をやめたのかと、シマ人から直接聞くことははばかられたが、衝撃であったと思われる。ともかくシマ中で協議をした結果やめた、とだけ聞いた。」

比嘉は名を伏せたが、この「心ない外来者」とは岡本太郎である。沖縄はもともと死者に対する敬愛の念がたいへんに強い。先日のサミットでも本土から来た警察官が警備のためと言って墓を開けた。墓を開けるにはいろいろと決まりがある。死者の眠りを妨げるのはここでは大罪である（ヤマトでは千五百年前の天皇陵も開けさせない）。先祖を守るおばあたちが怒り狂ったのも無理はない。ましてて、久高島は沖縄でもっとも宗教心の篤《あつ》いところである。宗教行事で一年が明け暮れるような霊位《れいい》の高い土地である。そこの人々の信仰心を無視して見てはいけないものを見る権利は岡本にはなかった。視覚からだけ入るのは間違いだ。見えるものの背後にはそこに住む人々によって付与された意味がある。

この原理がわかっているからこそよい写真が撮れたはずなのに、岡本は久高島で何を錯覚したのだろう。撮ったことはともかく、なぜそれを雑誌に発表したのだろう。

運の悪いことにこの死者の身内の者が雑誌に発表された写真を見てしまった。やがてこの人は精神に異常を来すことになった。風葬の習慣は失われた。この事実を知っているから、この写真集を紹介することをぼくはためらった。

こういうことにしよう、『岡本太郎の沖縄』は優れた写真集だと言うと同時に、比嘉の『日本人の魂の原郷　沖縄久高島』も併せて読んで頂きたいと言おう。なぜ沖縄の、人口二百五十ほどの小さな島が「日本人の魂の原郷」ということになるのか、森喜朗が言うのとはまったく逆の意味で日本が神の国であったことがこの本を読めばよくわかる。われわれの祖先はこういう精神生活を送っていたのだ。

A氏への手紙

二〇〇〇年の秋に書いたこの書評に対して、半年ほどしてある人物から書簡を頂いた。仮にA氏としよう。書簡の内容を要約すれば、ぼくが書評で書いたことは冤罪《えんざい》ではないかということだ。

A氏は言う——岡本太郎は沖縄を充分に理解し、共感を以てその文化に接していた。だからあれほどの成果を挙げられた。彼以前に多くの心ない学者が強引かつ非礼な「調査」を行ったことは承知しているが、岡本の場合はこれには当てはまらない。書評を見た後で自分も友人を介して久高島や島が所属する村の教育委員会でそれとなく聞いてもらったけれども、そういう事実があったという証言は得られなかった、風葬が廃《すた》れていったのは沖縄全体での留めがたい傾向であった、云々。要約すればこういうことになる。

A氏は沖縄を大変によく知る本土人であり、故比嘉康雄とも面識があり、沖縄の某離島について優れた著作を刊行している人物である。ぼくとの間には広い共通の基盤があるわけで、従ってこの書簡は無視できないものであった。ぼくは改めて現地の人々に話を聞き、いくつかの文献を読み、多くのことを考えて返事を書いた。この問題を真剣に考える機会をA氏に与えられたという思いだった。以下は彼に対するぼくの返答である。A氏の手紙をここに直接引用することは控えたが、彼の論旨はぼくのこの返事を通じて読みとれるだろう——

お便り、興味深く拝見しました。

結論を先に述べれば、お書きになったものは岡本太郎の「冤罪」を立証するには至っていません。岡本太郎は久高島に行かなかった、あの写真を撮らなかった、それを発表しなかった、それは別の誰かの仕業である、と証明しないかぎり、その線に沿って相手を納得させないかぎり、あの件を

「冤罪」とするのは無理です。

全体としてお手紙は状況証拠の積み重ねによる情状酌量の請求ではないでしょうか。

しかし、この件をあまり裁判になぞらえるのはよろしくない。比嘉康雄もぼくも訴えているのであって、裁いているのではありません。

まず、あの写真の発表が島の関係者にとって大変なショックであったということ。これがすべての出発点ですから、ここから話をはじめましょう。

先日、島出身の友人に会って改めて話を聞きました。島で生まれて、育って、今は島を出て本島に住んではいるが島の人々と密接な関係を維持している、しかも優れて知的な人物でもあるという男です。彼によれば、撮影された遺骸の縁者の一人が精神に異常を来したのは事実であり、それが写真発表と関連づける形で島の人々に認識されたのも事実であるようです。

狭い島の中でこの種の話題は大変に微妙で、従ってこの件が島の公式見解として表に出たことはないでしょうが、島はあの事件をこのように受け止めたのです。それが島の人々の岡本写真事件に対する理解でした。

ことは死という大変に扱いのむずかしい問題にかかわっています。遺族は死者が安らかにつつがなくグソー（後生＝来世）に至って祖先たちの列に加わることを願っています。その実現に力を尽くす以外に遺族にできることはない。その途中で妨げとなる事件が起これば、遺族が大きく心を乱されるのは当然です。

もともと遺族には判断の余地があまりない。当人ならば自らの意思で許すことが可能という事態でも当人はもう亡くなっている。この場合、遺族にはそれを許す権限はないのです。遺族は死者をただ護るしかない。護りきれなければ、そこに自責の念が生じる。大企業や国が関わる公害や医療関係の裁判で、亡くなった被害者の遺影を遺族が持って法廷に出ることがしばしばあります。遺族は遺影を押し立てて精一杯の異議申し立てをしている。見かたを変えれば、近親者の死という動かしようのない事実に遺族は縛られている。遺族にはその時に死者と自分が属する社会ないし共同体の常識に従ってふるまう以外にほとんど選択の余地がない。それが遺族という立場です。

だから、身近な者の遺骸が写真に撮られ、公表されて何の縁もない一般人の目に曝《さら》されたということが近親者にとっては大きなショックだった、それは精神に異常を来すほどだったと島の人々は受け止めたのです。死者はタブーです。神聖にして犯すべからざるものです。無縁の他人が撮影してはいけない。さらし者という言葉が示すとおり、さらすことは汚すことです。撮影され発表されることで死者は汚されてしまった。グソーへの道を断たれた。となれば近親者が精神に異常を来しても不思議はない。島はこの件をそのように受け止めました。

しかし、これはあくまで島の中での話です。この事件に関して、島では強い憤りと屈辱の感情が生じましたが、それが島の外に向けて表明されることはなかった。ここで島は閉鎖社会だからとは考えないでください。言うならばそれは島の自律性の問題です。

これが島の側から見た岡本太郎の写真撮影ならびに発表という行為の意味でした。

ぼくの言いたいことはこれに尽きます。

しかし、その後の展開についてもう少し説明しましょうか。比嘉康雄は久高島の出身ではなく、島を外の社会へ繋げようとする立場にある人でした。久高島の、人の叡知のきわみともいうべき信仰システムに魅了されて、それが消えつつあるという危機感に否応なく促されて、夢中になって島に通い、見て、聞いて、文章と写真で記録しました。同じことを彼は沖縄の各地で営々と続けましたが、しかし久高島に対する思いは他を圧倒して強かった。その意欲を島の人々は認め、受け入れ、彼の撮影と調査に協力し、いわば彼を外部に向けたスポークスマンと認定しました。久高島を訪れる研究者・写真家はたくさんいたけれど、島の人々とここまで親密な仲になったのは彼一人でした。

そして、このことによって彼はまるで遺族のような立場に立たされることになったのです。消えつつある久高島の信仰システムを記録するという仕事は遺志を嗣《つ》ぐのによく似ています。さきほどの遺影を抱えて法廷に赴く遺族と同じで、久高島は彼にとっては絶対のものでした。当人にならばあるはずの赦免《しゃめん》の権限が遺族にはない、というさきほどの論を思い出してください。外からの（共感に満ちた）観察者が認めがたい改変を島の当事者はさっさと認めてしまうという逆転関係が時には成立します。

この理由から、外からの攪乱《かくらん》に対する比嘉康雄の反応は島の人々よりももう少し強いものになりました。だいたい島の人々は日本全体に向けて思いを発信するメディアを持っていなかったし、そんなつもりもなかった。彼らには日本など目に入っていません。

「心ない外来者」の写真の件で久高島の風葬が行われなくなった、と比嘉康雄が書いたのは勇み足だったかもしれません。たしかに沖縄全体で風葬は廃れる傾向にありました。時代は変わるものですし、風葬廃止の理由は近代化の圧力だけではなかったでしょう。あなたが挙げられた堀場清子さんの『イナグヤ　ナナバチ』〔註2〕に書かれた女たちの嘆きもわかります。非常に具体的な悲嘆の例をぼくも別の島で聞いたことがあります。それやこれやで、死に関する儀礼は簡略化される傾向にあった。これは近代から現代にかけて日本全体について言えることです。

しかし、久高では自分は焼かれるのは嫌だと言って亡くなる老人もまだいらした。風葬は古い習慣だし洗骨《せんこつ》も辛いことだからもうやめようという声と、それでは自分は先祖の列に加われないという声と、両方があったはずです。それぞれに切実な思いがこもっている。その両方の間で、ことは行きつ戻りつしながら少しずつ変化します。島に住むすべての人の心の中に風葬可と風葬不可の間にひろがるスペクトルがあり、それぞれの思いはこの二つの極の間で微妙に揺れ動いていた。それは単純にどちらかに決めて言語化できるようなものではなかった。

久高島全体が「古い習慣を護ろう」で固まっていたわけではないのです。久高の社会は一枚岩ではなく、構造があり、それぞれの立場があり、階級があり、一人一人の思いの揺らぎがあります。また風葬の廃止にもいくつもの段階がありました。

そう考えると、(先ほど言った遺族的な立場から) 比嘉康雄は少しことを単純化したかもしれない。多くの外来者がからむ経緯を外来者一人に集約して表現したかもしれない。そこまでは認めます。心ない学者たちやジャーナリストの列の最後にたまたま岡本太郎という大きな人物がいたということかもしれません。しかし、岡本太郎は撮ったし、発表したのです。

念のためにここに書いておきますが、比嘉康雄は岡本太郎の名を公表しませんでした。事情を知って一九九一年に (『アコークロー』〔註3〕という地方出版の著書の中で) 活字にしたのはぼくの友人である宮里千里であり、二〇〇〇年に全国規模の週刊誌でそれを書いたのはぼくです。宮里もぼくもその責任は負うつもりでおります。岡本太郎は偉大な人物です。それだけに、彼のふるまいは影響が大きい。だからこそ、今ならば、彼の名を出すべきだとぼくは判断したのです。

もう一度写真を見てみましょう。ぼくが今見ているのは一九七二年版の『沖縄文化論――忘れられた日本』〔註4〕の写真ページの最後のもの、死者を撮る岡本自身の写真です。従ってこれは彼が撮った写真ではない。この写真がここにあることの意図は明快です。彼はこの写真を著書に掲載することで死者の撮影という自分の行為の正統性を全面的に主張している。自分にはこれを撮る資格ないし権利があると言っている。これをぼくはとんでもない驕《おご》りと考えます。

誰が棺の蓋を開けたかではなく、乱された状態の棺を見て、それを撮影しようとする心の動き、それを発表するという判断、どちらもぼくにはとても認めがたいものです。もしもぼくが誰かの案内でこの場に至ってこういう光景を見たら、もしも棺の蓋が開いていたら、ぼくは一礼してすぐに来た道を戻り、そのことを近親者に告げるよう島の人に依頼するでしょう。それ以外の行動はぼくには考えられません。

岡本太郎はこの遺骸を日本全体が見るべきだと考えた。しかし、遺骸は一〇〇パーセント故人のものです。百歩譲っても遺族のものです。部外者にはそれを見る権利はない。世の中には許可なく見てはいけないものがある。他人の裸体や性交をのぞき見ることは犯罪です。なぜならば肉体と性は徹底して個人に属することがらだから。死もまた同じように徹底して個人に属する。

だから遺族は怒ったし、島は怒ったし、比嘉康雄は怒ったのです。間接的な形でノロがお怒りを表明されたことをぼくは聞いています。ぼくもまたあの書評を書く際にその怒りを共有することになりました。今、この文章を書きながらなぜあの時に「彼（岡本）は沖縄で一つとんでもないことをしているから」と、ぼくにしてはきつい表現をしたか思い出しました。ぼくも怒っていたのです。

冒頭に記したように、ぼく自身、改めて友人に尋ねて、彼から年寄りにそっと聞いてもらって、昔の忘れたい記憶の箱を開いてもらって、ようやく島にこの「精神に異常」の噂があったことを確かめました。それだって病理報告書を読むような厳密な話ではない。ぼくとこの友人、彼と島の縁者たちの信頼関係があってはじめて聞けることです。

この一件はぼくに別の事例を思い出させます。一九八五年の「アイヌ肖像権裁判」、更科源蔵《さらしなげんぞう》とチカップ美恵子《みえこ》の間で争われたケースです。チカップは二十年ほど前に更科が勝手に撮った自分の肖像写真を何のことわりもなく著書に掲載したとして更科を訴えました。裁判は一九八八年に（形式上は和解ながら）原告チカップ美恵子側の全面勝利で終わりました。更科は周知のごとくアイヌ文化については権威でした。アイヌに対して同情的ないし共感的な立場にあると広く認められた人物でした。しかし、それでも、他人を撮った写真を当人の許可なく使う資格はない。そんな資格は誰にもないのです。それが個人の尊厳という、今の日本社会の基本原理に則った判断です。

もう少し古い例を出せば、慶応元年の「箱館駐在英国領事館員アイヌ墳墓発掘事件」というのもあります。これを報じた『人類学雑誌』（三三巻一二号、大正七年一二月）は巻頭に「己が祖先の墳墓を他人に発《あば》かれて快《こころよ》しとせざることは古今一轍《いってつ》にして人種の優劣を問はざるものゝの如し」としています。人種に優劣ありとする偏見はともかく、これは不変の真理です〔註5〕。

時代が違うという考えもあるでしょう。当時はあんなものだったと言うこともできる。現に一九七二年当時の編集者はこの写真の掲載に何の疑問も抱かなかった。最近の「自虐史観」批判の立場に立てば、過去の事跡を現在の基準で評価するのは間違っているということになります。しかし、今に用いるために過去があるのです。われわれは過去の事例を解釈することによって今を生きる基準を作ってゆく。今を生きるというのは未来に対して責任を負うことでもあって、これは改めて考えれば恐ろしいことですね。

岡本太郎の沖縄文化に対する理解の度はやはり驚嘆に値します。あの時期にあれほど透徹した目を持った人はいなかった。あれは高度経済成長期の日本が最も必要とした反成長のメッセージだった。そういう意味で『沖縄文化論』を全面的に認めた上で、最大限に評価した上で、それでもあの写真の件は承伏しがたいとぼくは考えます。

沖縄に住むヤマトンチュとして自省を込めて言えば、沖縄文化をヤマトに紹介するのはあくまでもヤマトのためであってオキナワのためではない。これは異文化に関心を持つ者すべてが絶対に勘違いしてはいけない重要なポイントです。久高の人がうちの立派な文化を島の外に、ヤマトに、紹介してくださいと言ったわけではない。

紹介の過程で肝心の久高を傷つけてはなにもならない。その点で比嘉康雄は大変に慎重であり、岡本太郎は配慮が足りなかった。岡本はあの時、久高の生きた人々を標本として見ていた。アイヌの骨を多数所蔵していた北大医学部と同じ姿勢であの遺骸を見ていた（先の英国領事も大英博物館の依頼でアイヌの骨を盗もうとしたようです）。科学は時として人骨を必要としますが、それでも献体はあくまで本人の意思によるべきものであって、科学の名において遺骨を横取りしてはいけない。つまり、帝国大学であろうと天才であろうと、いかなる場合にも死者の眠りを横取りしてはいけないのです。ここに、遺族が確定できる間は、という留保は付けてもいいかもしれません。そうでないとピラミッドも開けられないことになりますから。

岡本太郎に久高に対する、沖縄文化に対する、共感と理解があったことは言い訳になりません。それは、いささかきつい卑俗な比喩を敢えて使えば、愛していると言いながらむりやり相手を裸にするようなものです。その愛はまこと一方的なもので、相手には届いていません。届くはずがありません。

以上でぼくが言いたいことは尽くしました。お説ではいろいろ論拠を並べておられますが、それはみな相対的な小さなことに思えます。島に行って尋ねたところで岡本太郎と風葬廃止の関係について統一見解が聞けるわけではないし、まして教育委員会が何を知っているわけでもない。岡本事件は島軸の深いところに残った傷、トラウマです。人は普通その種のことについて口をつぐみます。

部外者に向かって軽々に話しはしません。しかし、あの時に遺族が怒り、島の中枢にある方々が怒ったことはまちがいない。ぼくはあの書評の論拠としてはそれで充分だと考えます。

私事ながら、今、明治初期の北海道開拓をテーマにした小説を書き出したところで、和人とアイヌの関係、異文化交流・異文化衝突、弾圧と差別、ジェノサイド等々のことで頭が一杯です。お手紙はこの頭を整理するよい機会を与えてくださいました。ありがとうございました。

文化から文化へ渡るには覚悟がいる

以上がぼくの反論である。A氏からは、ぼくの言うことをおおむね理解するという返事が来た。ただし、「岡本はあの時、久高の生きた人々を標本として見ていた」というあたりは行き過ぎではないかとも言われる。そうかもしれないとぼくは反省した。結果としてそうなったことであって、岡本自身にはそのような自覚はなかっただろう。なんと言っても時代は一九六六年、あのころの社会の雰囲気を考えれば岡本の行動にある程度までの情状酌量の余地がないではない。

もう一つ、自分の立場についての反省もある。すべての文化は対等であり、比較は不可能かつ無意味だと言う一方で、ここに自分は一種のヒエラルキー、一つの尺度を作ってはいないか。沖縄を短期で駆けめぐって見るべきものを見て帰った岡本太郎、沖縄に長期に亘《わた》って滞在してよい仕事をしたけれども沖縄に今住んでいるわけではないA氏、沖縄に移住して家を建てて七年になる自分、沖縄人として生まれて沖縄文化に深く関わりその記録や保存や啓蒙に深く関わってきた比嘉・宮里の両氏、島出身の友人、毎日がそのまま沖縄の精神文化そのものであるような久高島の人々。

久高島を至高とするこの尺度の中の自分の位置を根拠に、自分はいささか居丈高なふるまいをしたのではないか。結局のところ虎の威を借りたのではないか。そういう思いの去来をぼくは認める。生来穏和な性格というか、臆病というか、もともとぼくはこのような論争的な文章をめったに書かない。それを敢えて書いたについて、この間の行き来に於いて、虎の威はたしかにあった。

しかし、ぼくは今もこの虎を信じているし、ぼくとA氏の間でやりとりされた言葉がもしも岡本太郎と比嘉康雄の間で行われるべき論争の代理としての性格を持つものだったとしても、その点について臆するところはない。我々はみな言うに足ると信じるところを言った。

さまざまな曲折を端折ってこの長い論議の要点をまとめれば、「沖縄文化をヤマトに紹介するのはあくまでもヤマトのためであってオキナワのためではない」ということだ。XからYに赴いた者にXの権威はついてこない。彼は無力かつ無防備なままYの文化に自分を曝さなければならない。文化から文化へ渡る者にはそれだけの覚悟がいる。YについてXに紹介するにしても、それはひとまずはXのためであってYのためではない。基本的に外来者には赴任地においていかなる権威もないのだ。

マーガレット・ミードの『サモアの青春』は彼女が属するアメリカの社会に大きな影響をもたらした。しかし、サモアには何の影響も与えなかった。後になってあの本の内容はすべて彼女の一人勝手な誤解だったのだと主張する本〔註6〕が出たけれども、それでもあれによってアメリカが思春期というものを考え直したのは一つの成果であった。同じようにして岡本太郎の著書をきっかけに日本は自己の文化のありかたを考えなおしたのだろう。

慶賀すべきことであるけれども、しかし、これは文化の相互理解に名を借りた文明の侵略ではなかったかとも思う。文明とはこのようにして、版図と認めたところの文化を採集ないし収奪し、運び出して、それぞれの用に役立てる。優れた博物館とは、すなわち収奪の結果を誇る施設である。

文化と文明がからみあうこのような過程の中で自分がいかなる位置にあるか、文化の境界を跨ぐ者はそれぞれに考え尽くした上で行動しなければならない。

註1　「週刊文春」、文藝春秋社、二〇〇〇年九月
註2　『イナグヤ　ナナバチ』、堀場清子、ドメス出版、一九九〇年
註3　『アコークロー』、宮里千里、ボーダーインク、一九九一年
註4　「忘れられた日本」は初め「中央公論」に連載され、後に『沖縄文化論——忘れられた日本』のタイトルで刊行、後に中公文庫に収められた。
註5　「アイヌ肖像権裁判」と「アイヌ墳墓発掘事件」については、『アイヌ近現代史読本』、小笠原信之、

緑風出版、二〇〇一年が参考になる。

註6　『マーガレット・ミードとサモア』、デレク・フリーマン、みすず書房、一九九五年

島への階梯

新川明『新南島風土記』（岩波現代文庫）解説 2005・12

都会に住まう者が南の島に行く。

彼は自分の目に映る島の光景に感動する。なんと単純で明快な島の生活。人はこんなにも少ないモノで暮らしていける。それでも島の人はにこにこしているし、日は輝かしく照り、海はあくまでも青い。水平線に沸き立つ白い雲のなんとまぶしいこと。

彼は何か大事な知恵が得られた、都会の疲れが癒され、心が浄化されたという錯覚を持つ。その感動を保持したまま都会に帰る。この錯覚は島への第一歩としてそれ自体悪いことではない。

二十代の終わりに東京からミクロネシアに行って自分の島好きに気づいたぼくは、それから二十年ほどいくつもの島に通い、やがて沖縄に移住した。十年の後、沖縄を出て、今は沖縄から遠い北緯四八度の地に住んでいる。そこで、小雪のちらつく冬のさなかに『新南島風土記』を再読している。

与那国、波照間、黒島、パナリ、竹富、そしてもちろん石垣。これら島の名の下位に連なるもっと小さな無数の地名。どれも懐かしい名であり、多くの風景の記憶に憑かれた響きである。

それを辿って、海から見える島の姿を思い出し、上陸して歩く道の風景を思い、人や自然、祭りやダイビングの記憶の一回ごとを詳しく頭の中で再現してみる。かつて何度も読んでよく知っている文章を読みなおしながら、ぼくの与那国、ぼくの竹富を思い出して心動かされる。気がついてみれば、この本に取り上げられた島々の中で行ったことがないのは鳩間島だけだった。

自分が四方を海に囲まれた小さな陸地にいるというだけで異常に喜びを感じる精神的資質（ないし病気）をイスロマニア islomania と呼ぶ、と読んでいた本で覚えたのはずいぶん昔のことだ。これはまさに自分のことだと思った。ただしこの言葉、たいていの辞書にはない。

しかしぼくもまた、何度となく島に通ううちに、新川明的な視点を自分の中に用意するようになってきた。島にいればうれしいというだけではなくなった。仮に島の側に立ってみることが増えて、そうすると同じ景色が違って見えるようになった。一人ではしゃいでいた自分に気づいて恥じ入る、という感じ。ここまで来ると島通いは一段の進級を遂げたと言っていい。

八重山諸島に行った時の新川明は、ミクロネシアに行ったときのぼくよりずっと覚めた眼をしていた。一歩目から立つ位置が違った。歳はあまり差がなかったけれど、観光客と新聞記者、数週間の滞在と数年間の赴任の差は大きい。那覇と八重山の距離は東京とミクロネシアほど遠くはなかったし、社会の雰囲気の段差もそれほどではなかったというのも理由の一つだったかもしれない。時期も一九六〇年代の前半と一九七二年と数年の開きがある。それ以上に、ぼくと彼ではものを見る能力にずいぶん差があったようだ。こんな透徹した目はなかなか持てるものではない。

離島苦という言葉がある。沖縄では島チャビとも言う。生活の場が離島であることによってその人々が先天的に負わされている苦労。これに気づかなければ島に行くことは観光の範囲を越え得ない。これを知ってしまうと美しい風景に翳りが射し、見えないものが見えてくる。

『新南島風土記』という書名は東恩納寛惇の名著『南島風土記』を踏まえたものだ。沖縄学の正統派であった東恩納の学術的な記述に対して、新川の方は島に渡っての報告の色が濃い。（ちなみに、新川による平凡社の『世界大百科事典』の「沖縄学」の項は短いながらに過去から未来を展望する名文である。）

この本には三つの柱がある。

まずは島の生活。次が被収奪の歴史。そして歌。

こう並べてみて、なんという組合せだろうと思う。八重山を書くのに、これ以外の柱の立てかたがあるだろうか。

島の生活の記述はほとんどそのまま島チャビの証言である。暮らしを立てることがいかに困難であったかという証言。

被収奪の歴史については、宮本常一らによる『日本残酷物語』シリーズ、特にそのうちの第二部「忘れられた土地」（一九六〇年刊、平凡社）につながるものをぼくはこの本の中に感じた。あの中央集権的な経済成長期の日本にあって宮本はひたひたと僻地を回り、島に渡り、沖縄には来なかったものの、日本列島のぜんたいを周辺から認識しようとした。彼が後に離島振興法の成立に大きく貢献できたのも、すべて歩いた成果だ。

『新南島風土記』を書いた時に新川が『日本残酷物語』を読んでいたかどうかはわからない。それでもそこには通底するものがある。両者は最初から、ハンディキャップを負った土地に住む者へのシンパシー（共感・同情）を共有している。この姿勢をなぞって新川の後輩にあたる三木健は、後に西表島の炭坑の被収奪の話を更に詳しく調べて『沖縄・西表炭坑史』を記すことができたのだ。

中央が地方に侵攻して、そこにあるものを奪う。もともと乏しい生活財が更に減じる。生きるか死ぬかの境界線上にいる人々を、その一線を越えて死の方へ押しやる。沖縄本島の者がこれを書く時、その立場は二重に屈折する。彼は八重山から奪った琉球王国の人々の子孫であると同時に、その琉球王国からさんざ奪った薩摩藩とその背後の日本を糾弾する者でもあるからだ。

しかもヤマトによる収奪は琉球王国が沖縄県になってから更に苛烈になった。薩摩藩がいかに強欲でも敗戦を引き延ばすために十数万の民間人を敵の戦車の前に立てはしなかった。強権的な他国の軍事基地を六十年に亘って島に据えさせもしなかった。東京に向かってその不当を訴える本島人と、八重山に行って人頭税の不当の歴史を聞き取る本島人はどう重なるのか。

影は二重三重に交わり、うっかりするとすべての悪が普遍化されてしまう。ひとつひとつの、絶対であるはずの悪事が相対化され、人間とは所詮そういうことをするものだという一般論の中に解消されかねない。その誘惑に抗して、自分を顧みることなく徹底して他を糾すことのできる者がこの世界に一人だけいて、それは最も条件の悪い最遠の離島に住んでひたすら搾取されてきた者だ、という単純化は可能か。汝等のうち罪なき者のみこの女を石もて撃て、とイエスは言った。西欧の俚諺には、ガラスの家に住む者は石を投げるな、とも言う。

それに対しても新川は覚めている。島の中をも冷静に見ている。島の人々のいさかいを、この場合は客観的なポイントに立つことのできる外部の者の利点をいかして、さりげなく批判的に書く。漁業組合が二つできてしまった例を笑う。実際、島はいさかいに満ちているのだ。それが見えない者だけが意味もなく島を理想化する。

新川は「鷲の鳥節」の由来を説明して、二つの説の並立という状況を軽くいなしている。この歌の歌詞の一部を自分の娘の名に借用したぼくは、このくだりを読んで納得したことだった。


そう、歌だ！

この本に歌の話がなければ、ぜんたいの印象はいかにも殺伐たるものになってしまっただろう。

八重山に歌がなければ、ここに生まれて暮らして死んだ人々の日々はなんと味気ないものになっていたことだろう。それを新川は正しく見てとり、ほとんどそこに救いを求めた。

その結果、新川は八重山の歌を力を込めて賞賛することになった。本書のあちこちに芸能の話題が花咲くことになった（と書きながら、これはいかにも沖縄的な対句による修辞だと気づいた。「古見の浦ぬ　橋ゆば／美与底ぬ　橋ゆば」のあの手法だ）。

だが、歌もまた奪われる。

「安里屋《あさどや》ユンタ」については最も流布している星克の歌詞にぼくは強く反発していた。あの俗情は許し難い。あれではまるで芸者の侍る宴席の御座敷唄だ。竹富に行けば安里屋のすぐ裏にある友人の家に泊まることが多かったぼくとしては「安里屋のクヤマによ……」の歌詞でなければならない。すなわち、あの歌は内地によって奪われたのであり、星克はそれを手引きしたことになる。

しかし、「黒島口説《くるしまくどうち》」の場合はどうだろう。「いやいやー、みるくゆがふのしるしさみえ……」で始まるバージョンが好きで、あの地味なソロと派手なコーラスの対照も好ましいと思っていたのに、新川は「島の人たちにいわすと『あんなものは黒島口説ではない』と相手にしない」とにべもない。ではあれもまた沖縄によって八重山から奪われたのか。（念のため付記しておけば、この語法は誤りではない。八重山の人たちは来訪者にどこから来たかと問うて、「那覇です」と答えると「ああ、沖縄ですか」と言うのだ。彼らにとってヤイマはヤイマ、ウチナーはウチナー、違うところなのだ。）

島は一本の汀線によって海や外界と仕切られているのではない。年輪状のいくつもの輪によって、地図に等高線で描かれた地図の山のように、幾重にも隔てられているのだ。三十年前にミクロネシアに行った時のぼくはまだ初心者だった。島に渡ってその風景に感動する素朴な旅人は、その最初の一線を越えたにすぎない。その先がまだまだある。さきほど進級という言葉を使ったのはそのためだ。

問題は、進級を重ねて島の中心部に近づくほど外界からは遠くなってしまうということだ。島への愛でファナティックになり、王様よりも王党派ということになりかねない。外来の者ほど生得の資格を欠く分だけ熱烈に、目に見える形で忠誠心を表明しなければならないからだ。

沖縄の十年でぼくはこの階梯を一通り体験した。アメリカ軍の四軍調整官を学校に招くというので村長と喧嘩したし、久高島の墓をあばいた件で岡本太郎を糾弾したこともある。今もいれば辺野《への》古《こ》に通っているかもしれない。

そういう目で見ると、『新南島風土記』における新川明のスタンド・ポイントは見事だ。島の中と外の両方が見える位置に揺らぐことなく立っている。だからこの本は八重山をどう見るか、沖縄を、僻地・辺地を、南の国々を、世界をどう見るかを正しく教える指南となるのである。

この都市の二つの像
あるいはオリエンタリズムの練習問題

『アレクサンドリアの風』文（岩波書店）2006・7

この写真集（『アレクサンドリアの風』中川道夫・写真）を見ているうちに、ぼくは自分の中のアレクサンドリア像が反転するのを感じた。ちょうどネガがポジに変わるように、見慣れているはずなのにまるで違う都市の像が現れた。くらくらと目が回るような思いだった。

まずはネガの像のことを説明しなければならない。エジプトの外にいる人々の多くは今もってそちらのアレクサンドリアしか知らないだろうから。

アレクサンドリアはいちばん最初から多くの民族の名が関わる、人の出入りの多い、国際的な都市だった。古代のローマには帝国の各地から来たさまざまな民族がいたし、最盛期の長安にも多くの言語や文化や人種が集まった。しかし、どちらでも中心にはその地の土着の人々がいた。それぞれローマ人であり漢族である。そこに諸国から人が流入したのだ。

しかしアレクサンドリアの場合は、ここを開いたのがまずもってこの地の者ではなかった。ずっと北方のマケドニアから海を隔ててやってきたアレクサンドロス大王が地中海に面した何もない海辺に町を作ることを決めた。それ以来ずっと、ほとんど現代に至るまで、ここはよそから来た誰かが支配する町だった。だから、この都市を誰の視点から見るかはとても重要な問題である。

大王の死後、アジアの奥地まで拡がった彼の大帝国は三つに分かれ、その一つがプトレマイオス朝のエジプトとして栄えた。この王朝は三百年ほど続いて、有名な女王クレオパトラを最後に途絶え、エジプトはローマ帝国の領土になった。

この時期のアレクサンドリアは世界の文化的な中心だった。古代ギリシャが衰退し、ローマが勃興する前、この都にはヘレニズム文化が花開いた。ここには有名な大図書館があり、ムーセイオンと呼ばれる学術施設があり、多くの学者が集った。ユークリッドもエラトステネスもプトレマイオスもここで活躍した。詩人としてはカリマコスがいた。

下ってローマの属領となった後、ここは今度はキリスト教の中心の一つとなった。長く聖書の基本テクストだったいわゆる「セプトゥアギント　七十人訳」はここでヘブライ語からギリシャ語に訳されたのだし、アリウス派とアタナシウス派の神学論争はここが舞台だった。

ローマの衰退とアラブ人の隆盛でアレクサンドリアは六四一年にアラブの将軍アムルによって征服され、それ以降はアラブ人に率いられるムスリムの町となった。アラブ人はもっぱら陸上の人だったから、海運を本業とするアレクサンドリアは衰退した（「船に乗ると人間の力は萎み、災いが増す。船内の人間は丸太にすがる虫けらの群れであり、丸太が転がれば全員溺れてしまう」とアムルは書いている）。

十六世紀からエジプトはオスマン・トルコの属領となる。その支配力が衰えた十八世紀も末の一七九八年、ナポレオンの艦隊がアレクサンドリアの近くに上陸し、カイロに進攻してこの国を占領した。この時、エジプトの人口は二百五十万人、ファラオ時代の三分の一に過ぎなかった。カイロは二十五万の都会だったけれど、アレクサンドリアの人口はわずか一万人。やがてフランス軍は角逐の末、イギリス軍と交替し、そのイギリスも一八〇三年には直接占領を終えて撤退した。

一八〇五年にモハメッド・アリというトルコ人の傭兵隊長が力の真空を巧妙かつ獰猛に利用して太守となり、やがて列国から世襲権の保証を得た。事実上のオスマン・トルコからの独立である。十九世紀には彼とその子孫の支配が続く。

一八六九年、スエズ運河が開通。しかしエジプトはやがて国家として破産し、政治的にも混乱、外交ではイギリスとフランスとトルコの間で翻弄され続けた。結局、イギリスがスエズ運河の権益確保を理由に一八八二年にまたも軍事的に占領し、この状態が一九一四年まで続いた。独立を求める民族主義運動は盛んになり、イギリスはモハメッド・アリの王朝を形式的に温存したままエジプトを保護国にした。

一九五三年、エジプトはナセルによる革命を経て独立し、近代国家になった。

古代、つまりアレクサンドロス以前にあれほど栄えたエジプトはその後はほぼ一貫して他者による支配に甘んじてきたことになる。史上エジプト軍が勝ったのはただ一度、歌劇「アイーダ」の中だけなどという揶揄が十九世紀には囁かれた。ちなみに「アイーダ」はスエズ運河の完成を記念してエジプトの太守イスマイルがヴェルディに委嘱して作らせた作品である。

ここまでがヨーロッパ人にとってのアレクサンドリアという都市に関する基本知識である。そこに二十世紀のアレクサンドリアが重なってくるのだが、この先はぼくの体験に添って話を進めよう。非常に個人的な話になるが許して頂きたい。ここを話さないと冒頭のネガとポジの話が説明できないのだ。

一九六五年ごろだったと思うが、ぼくはロレンス・ダレルというイギリスの作家の『アレクサンドリア四重奏』という四部作からなる小説を読んですっかり虜になった。訳は高松雄一、版元は河出書房で、文学全集の一冊だった。実際には全集の一冊に入っていたのは四部作の一と三、すなわち「ジュスティーヌ」と「マウントオリーブ」だった。二の「バルタザール」と四の「クレア」を単行本で読むのはもう少し先になる。

ともかく夢中になり、フェイバーから出ていた英語の本を手に入れてこれも読み、ダレルの著作を集めた。最初のころはブリティッシュ・カウンシル（英国文化振興会）の図書館で借り出しては読んでいた。その時、「パリス・リヴィユー」という雑誌のインタビューでロレンス・ダレルが若い時にギリシャで暮らしていたことを知り、その時期については弟のジェラルド・ダレルが変な本を書いているからそちらを見るといいと彼が言っているのを読んだ。

ジェラルド・ダレルの名はそれ以前に浦松佐美太郎の訳で出た『積み過ぎた箱船』を読んでいたので知っていたし、ロレンスが言っているギリシャの本はブリティッシュ・カウンシルの図書館にあった。ぼくはそれを読み、おもしろいと思い、出版のあてもないのに勝手に訳しはじめた。本当は兄ロレンスのものを訳したかったのだが、その実力がないことは自分でもよくわかっていた。大学の理工学部に籍をおいてぶらぶらしていた時期である。

この勝手な翻訳はずいぶんたってから集英社に拾ってもらって刊行された。訳者とはいえ自分の名を冠した最初の本だった。『ぼくの家族、ならびにその他の動物たち』というひねりの効いたタイトルを直訳するのは無理だから『虫とけものと家族たち』という題になった。そして、本が出たのを機に、ぼくはギリシャを訪れた。それが一九七四年の秋のことで、翌一九七五年の夏にはギリシャへの移住を決めて移動し、それから二年半ほどをあの国で暮らした。

その途中で、たしか一九七七年の三月、ぼくはアレクサンドリアに行った。その段階で自分の間違いに気づいた。

ロレンス・ダレルが四部作で描いた大戦間時代の国際色あふれる魅力的な都市の姿は現地には見あたらなかった。あれは幻想だったのか。一つの説明は第二次世界大戦とその影響下に実行された一九五三年のナセルの革命がこの町をすっかり変えたというもの。

しかし本当にそうなのだろうか。思い出してみよう。あの話の登場人物は第一部の「ジュスティーヌ」を例に取れば（他もほぼ同じだが）語り手のダーリーがイギリス人、ジュスティーヌはユダヤ女、その夫のネシム・ホスナニの一族はコプト、ガストン・ポンバルはフランス人、クレアとバルタザールはギリシャ人、メリッサ・アルテミスもギリシャ人、等々、実に多彩な顔ぶれが揃っているのに、エジプト人はいない（床屋のムネムジャンはエジプト人だろうか。しかし彼はほんの脇役、点景に過ぎない）。コプトはムスリムではなくキリスト教の一派だから、対英独立運動を陰で操っていたとしても、ホスナニ家は一般エジプト人とは同一視できない。

われわれが知る範囲でこの時期のアレクサンドリアの国際社会の雰囲気に近いのは戦前から戦中にかけての上海である。芥川や谷崎、佐藤春夫、それに横光利一や金子光晴など日本の文人たちが赴き、堀田善衛が長篇の舞台にした租界の町。イギリス文学ならばバラードの『太陽の帝国』とカズオ・イシグロの『私たちが孤児だった頃』の舞台。これらの作家たちも、堀田善衛を除いて、一般中国人をほとんど書いていないのではないか。

ロレンス・ダレルの先輩としてアレクサンドリアに先に行っていたのがE・M・フォースターである。フォースターは第一次大戦の時に勇ましくここへ赴任したが、敵はいなかった。同じ時にT・E・ロレンス（「アラビアのロレンス」）はシナイ半島でトルコ軍の後方攪乱をゲリラ的にやっていたが、アレクサンドリアは静かだった。

そこでフォースターはこの都の歴史をひもとき、歩き回って地理を身に付け、『アレクサンドリア　歴史と案内』という教養主義的なガイドブックと『ファロスとファリロン』というエッセーを書いた。

この時期のアレクサンドリアを語るのに無視できないのは経済的繁栄である。十九世紀半ば、アメリカの南北戦争を機にエジプトではナイル・デルタで綿花の栽培が盛んになり、たちまちのうちにそれはエジプトの主要産業になった。綿花はマンチェスターやリヴァプールに送られ、綿布となって世界中に売られた。そして、エジプトの綿花をまとめる市場はアレクサンドリアにあって、そこを仕切っていたのはギリシャ人の商人だった。

アテネにベナキ博物館というおもしろい施設がある。ギリシャから中近東のさまざまな美術品や民具や衣装などを集めたここの展示品は、元はアレクサンドリアの綿花商人アントワーヌ・ベナキの個人コレクションだった。ベナキはそのような豪商の一人だった。

国際的と言えば、当時のアレクサンドリアにはカヴァフィスがいた。コンスタンティノス・ペトロス・カヴァフィス。近代ギリシャ文学で最も偉大な詩人。彼はアレクサンドリアに生まれて、幼い時にはリヴァプールやコンスタンティノープルで暮らしたこともあるが、その後の生涯はずっとこの町で過ごした。同性愛者で、ずっと独身、灌漑局で英語の事務通訳を職務として昼間は勤勉に過ごし、夜ともなると巷へ出てゆく。アイロニーに満ちた彼の詩の価値はギリシャ本土の文学者たちにも知られていた。

こういう素材をロレンス・ダレルは巧みに利用したのだ。そして、それらは戦争と共に、また革命と共に、なくなった。だからぼくが一九七七年に行った時に見たのはアレクサンドリアではなく、アル・イスカンダリーアという別の町だった。その詳細な現実の姿をぼくはこの写真集に見た。一九七七年の戸惑いの意味をようやく知ることができた。

ぼくの人生はロレンス・ダレルに大きな影響を受けた。『アレクサンドリア四重奏』がきっかけでダレルの弟の本を訳し、ギリシャに行って暮らし、やがてはフォースターの『ファロスとファリロン』も訳したし、実を言うとカヴァフィスもまだ本にはしてないがその詩の大半を訳している。何よりも海外に出るとか、海外との間を行き来するとか、もっぱら非日本的なるものに目を向けて生きる姿勢をぼくはこれらの作家や詩人から学んだ。

その点でロレンス・ダレルは徹底している。インドで生まれ、十二歳で学校教育のためにイギリスに送られたが二十歳すぎでまた出て、その後は一度もこの母国に定住していない。「あのプディングの島」と侮蔑的に呼んだこともある。そして生涯をもっぱら地中海周辺を転々として送り、晩年は南フランスで過ごしてそのまま終わった。今ぼくがフランスで暮らしていることの遠因の一つはここにある。

さて、ネガとポジの反転の問題。

現代の西側の知識人がアレクサンドリアと聞くと、まずカヴァフィス、フォースター、ダレルの三人を思い浮かべる。いわばこれが教養の三点セットになっている（邦訳がある本で言えば、フランスの作家ダニエル・ロンドーの『アレクサンドリア』など正にこの三人のことを書いている）。そして彼らのアレクサンドリア像には最も現実的な、重大な要素がすっぽりと抜け落ちている。それは、エジプト人だ。

エジプトにある大都市を舞台にした話にほとんどエジプト人が出てこないというのはどういうことだろう。言うまでもなく小説とは虚構であり、都市を舞台にしたところで必ずしもその全容を書く必要はない。実際にこの都会を動かしていたのは異教徒たちであって、ムスリムである生粋のエジプト人は社会の下層にいたに過ぎないのかもしれない。

とは言うものの、この主役の不在はそれだけでは説明できない気がする。これはエドワード・サイードの名著によって世に広まった「オリエンタリズム」という概念の一例なのではないだろうか？　サイードは、世界を西洋とそれ以外に二分し、西洋以外をオリエントと名付け、二元論的な世界観の各項目の否定的な側をすべてオリエントの側に振るという単純で身勝手な思考法をオリエンタリズムと呼んだ。その延長上に今のアメリカ政権のイスラム世界に対する好戦的な姿勢などもあるわけだ。

フォースターはアムルの軍勢によるアレクサンドリア占領についてこう言う——「アラブ人にはその戦利品の値打ちが理解できなかったのである。アッラーの神が自分たちに強大な都市を与えてくれたということくらいはわかったかもしれないが、しかしそれが世界に類のない貴重な都市だということも、ギリシャの科学がそれを建設したということも、そしてそこが、知的なキリスト教哲学発祥の地だということも、むろん知る由もなかった。（中略）それゆえアラブ人は、ちょうど子供が時計をこわすように、アレクサンドリアを破壊するつもりはなく破壊した。以後一千年にわたって、アレクサンドリアの活動は停止したのである」。

この言いかたにはやはりイスラム教徒に対する偏見があるとぼくは思う。アムルの軍勢はアラブ人だったからではなく、軍人たちだったから科学史や哲学史を理解しなかった。後にルネッサンス期になってヨーロッパの遅れた科学を支援したのはアラブの科学だったことを忘れてはいけない。フォースターは『インドへの道』や『天使が敢えて足を踏み入れないところ』や『ハワーズ・エンド』に見るように、イギリス文学史で最も異文化の出会いに関心のあった作家だが、その彼でもついこういう書きかたをしてしまう。

オリエンタリズムは必ずしも否定的な態度のみを言うのではなく、ありもしない幻想の美点によってオリエントを飾り立てる傾向についても言われる。ピエール・ロティの描く異国の女たちは現実の女とは無縁の魅力で飾られていて、しかも西洋人の男にとって入手可能であることによって彼らの妄想をかき立てた。その点ではオリエンタリズムはジェンダー論にも通じている。つまりどちらも一方的に見られる側に置かれてきた者からの異議申し立てなのだ。

文学というのはあるところまで幻想を扱う営みであるから、幻想を禁止はできない。しかし誰にいかなる幻想を投影するかはむずかしい問題である。ロレンス・ダレルの描くアレクサンドリアは、彼が見たくないと思った現実のエジプト人を捨象することによって美しい幻像となっていた。それはそれでいいのだ。アレクサンドリアはある程度までそういう都市だったと言うこともできる。しかし、ここでもしも現実のあの都会の現実の住民が「俺はどこにいるのだ?」と問うたら、カヴァフィスにもフォースターにもダレルにも答えはないだろう。それに答えることができるのは、この写真集であるだろう。

時代が変わった。もはや西洋中心の世界観だけでやっていくことはできない。こちら側の物差しですべてを測ることはできない。もっとずっと深い洞察をわれわれは求められている。

惜しみつつ後ろを振り返りながら、前を見よう。この生き生きとした、猥雑な生活感にあふれたアレクサンドリアを見よう。われわれがこれから親交を育てるのはこちらの町なのだから。

最後に、西欧が失った身勝手なロマンチックなアレクサンドリア像をそのまま象徴するようなカヴァフィスの詩を掲げておく。主人公はアクティウムの海戦に敗れたアントーニウス。彼はアレクサンドリアに逃げ帰ったが、今やその城壁にオクタヴィアヌスの軍勢が迫っている。その夜、不思議な楽隊の音が市内から城門を抜けて出ていったという話が伝わっている。人々はアントーニウスを贔屓にしていたディオニュソスが去ったのだと噂したが、カヴァフィスは彼がアレクサンドリアという町を失った点を強調する。

今、われわれは幻想のアレクサンドリアを失ったという意味で、このアントーニウスと似た立場にいるとは考えられないだろうか。

神がアントーニウスのもとを去る

真夜中、突然に、見えない
楽団が通りすぎるのが聞える
妙なる楽の音と人声が聞える――
遂に尽きたおまえの命運、失敗に終った
仕事、すべて偽瞞だったおまえの人生の計画、
それらを嘆いても今は詮ないこと。

ずっと以前から覚悟が決っていたように、勇敢に、
別れを告げるがいい、去ってゆくアレクサンドリアに。
なによりもまずおのれをあざむくな、夢だったとは、
耳にだまされたとは、言うな。
そんなうつろな希望でおのれをおとしめるな。
ずっと以前から覚悟が決っていたように、勇敢に、
これほどの町を運営してきた者にふさわしく、
落着いて窓のそばへ寄るがいい、
真情を込めて聞くがいい。
卑怯者のように哀願などせず
ただ聞け、耳に渡る最後の楽しみを、その声を、
不思議な楽団の絶妙な楽器の音を、そして
別れを告げるがいい、おまえが失ったアレクサンドリアに。

カメラを持った密猟者

「coyote」（スイッチ・パブリッシング）2006・10

自分がいて、世界があり、その間にカメラがある。旅先で、そういう構図でものを見る。

いつでもファインダーを覗いているわけではない。それではものは見えない。手の中にカメラがあって、それを意識してはいても、実際には言うまでもなく自分の目で世界を見ている。撮るべきだと思われるものに出会った時、はじめてカメラを構え、ファインダーを見て、シャッターを押す。その瞬間に見えていたものを画像として固定する。

本当を言えば、カメラを持つのはわずらわしいことだ。いつでも撮るべきものを探している。そういう姿勢を維持しなければならない。

世界に出会うというのは精神にとって最も根源的なふるまいであって、それはできるかぎり単純であるのが望ましい。自分がいて、外界がある。それだけ。見て感じて考えるだけでことは完了するはずなのだ。従ってカメラは自分と世界の新鮮な出会いを邪魔する第三者ということになる。外界の事象は目の前で流れゆく。自分はその流れの前に立って、目前の光景に応答する自分の精神の声を聞く。それが意識ということだ。音に対して、匂いに対して、触れるものに対しても同じこと。行動はまたもう一つ先の段階である。

撮ることは視覚体験にカメラという中間項を介在させることだ。I（我）とW（外界）の間にC（カメラ）が入り込む。時間を止める。視覚の主人であるべき自分がカメラに奉仕する。見るという主権を放棄し、カメラにものを見せる役を担う。

撮ることは行動ではない。なぜならば外界に向かって働きかけることではないから。内的な観照でもない。その時は撮るだけでものを考えてはいないのだから。狩猟に似ているが、撮られる獲物はイメージに過ぎない。外界は何を奪われるわけでもない。フラミンゴの写真を撮っても、自然界のフラミンゴは一羽も減らない。

撮ることは一種の時間操作である。今ここで見るべきものを、後になって別の場所で見る。その場にいなかった誰かに見せる。

固定される外界の像は不完全だが、しかし永久に残る。そういう取引なのだ。

一九七五年の夏にギリシャに移住した時、ぼくはカメラを持っていた。伯母が餞別代わりにくれたペンタックスSPと標準レンズ。それに広角も一本あったと思う。

しかしぼくはギリシャ時代にほとんど写真を撮らなかった。振り返ってみても、生まれたての娘の写真が少しあるばかりだ。面倒くさかったし、自分の目で見る方が大事と思っていた。それ以来ずっと、今に至るまで、写真を趣味としたことはない。

しかし、一九七八年の正月にギリシャの家を畳んでアフリカ経由で日本に帰る時、そのアフリカ旅行では写真を撮ろうと決めた。それまで地中海のさまざまな土地へ行く時はたいていカメラなしだったのに、アフリカは別と考えた。一つにはこの旅のことを写真と文章で表現するつもりでいたし、それを記事として載せてくれる雑誌も決まっていた。

出発のしばらく前にたまたま出会った日本人の誰かから３００ミリの望遠レンズを入手した。たしか双眼鏡と交換したのだったと思う。フィルムも最小限は用意した。どのくらい自分がフィルムを消費するかわからなかったが、カイロとアスワンは観光地だから補充できるだろうし、ハルトゥームも首都だから入手できるのではないか。最後のナイロビも大丈夫なはず。

それまでまったく写真を撮らなかったわけではない。なによりもぼくはよく写真を見てきた。いい写真とそうでない写真があって、それを判別する自分なりの尺度がある。それに沿って、これまでに見ていいと思った写真をファインダーの中に見えるイメージに重ねてシャッターを押せばいい。文章の場合と同じだ。最初は頭の中にしかない理想の文体をおずおずとなぞってみる。違ったら修正する。それを重ねる。写真の場合は修正はできないから、その場では思うままに撮影して、できたものを見て次回は方針を修正する。

構図の組み立て、色の配置、遠近法、空気感……。人物を撮るのは不得手だが風景ならばなんとかなるだろう、とアフリカに渡る前に考えた。

なんとかなるという思いを裏付けるだけの最小限の知識と技術はあった。フィルムとレンズと絞りとシャッターの関係は知っていた。大学は理系だったから、実験演習で細密なテスト・パターンを撮って現像したフィルムを顕微鏡で見て解像度を計測するようなこともした。オートフォーカスはまだなかったけれど、ペンタックスはＴＴＬの露出計内蔵で、そういうことで大失敗ということはないはずだった。

問題は、日々刻々見る無数の光景のうちの何をどう撮るかということだ。風景をいかに一瞬として切り出すか。

撮るべきものはあるはずだというのは、まずもって旅への信頼である。アフリカの風景は多くの写真で見ている。今は名前も思い出さないが、イタリアの女性写真家が撮ったケニヤの写真集を持っていた（風景や人々の黒い肌を美しく撮った、後にレニ・リーフェンシュタールが出した写真集を先取りするような感じの、作風だった）。あんな風に撮れるわけはないが、同じような風景には出会えるだろう。

ナイル河に沿って源流に向かうというプランは、今になって振り返っても悪いものではなかったと思う。旅というのは一歩先の未知を目指すものだが、ナイル河はいつも魅力に富んだ一歩先を用意してくれた。一方通行の旅程だったこともよくて、ともかく進むしかない。スーダンの南部、サッドと呼ばれる広大な湿地帯で船に乗ってからはもう戻るという選択肢はなかった。ケニヤに着く以外にこの旅の終わりかたはない。途中で体調を崩して熱を出した時はとても不安になったけれど、それでも先に行くしかない。

仲間がいたのが心強かった。みな欧米からの若い旅行者。南下するにつれてだんだんに数が減っていったけれど、それでもスーダンのいちばん南のジュバまで十名ほどが一緒だった。なんとなく一緒にいるだけで、そう親しくなったわけではないが、食べ物がないことや目的地がいっこうに近づかないことに愚痴を言い合うだけでも気が楽になる。自分たちの置かれた状況を冗談まじりの会話で客観視できるという感じ。

彼らの大半はカップルであり、ぼくは一人だった。どんな場合でもカップルが基本という欧米風の行動パターンをぼくはある程度まで感心して、あるいはあきれて、傍観していた。女の一人旅はいなくて、男の一人旅はぼくとデヴィッドというイギリス人の二人だけ。彼はぼくより十歳くらい上だっただろうか。ブリュッセルに勤務するＥＣ（現ＥＵ）の翻訳官で、実に軽い装備で飄々と旅をしていた。まるで初夏のイギリスの湖水地帯にハイキングに行くくらいの気持ちでアフリカに来ている。

今になって振り返り、その後の旅と重ねてみると、ぼくはあのアフリカ旅行で自分の旅のスタイルや写真の撮りかたを作ったということがわかる。観光コースを外れるけれど一人で人跡未踏の地に行くほどではない。この姿勢はその後も変わらなかった。好奇心と臆病のバランスがそのあたりにある。だからその後の三十年近い間、旅の途中で本当に危ない思いをしたことはない。目的地の設定といえば、現代的なところには向かわないという路線もこのアフリカ以来ずっと堅持してきた。先進国の都会が少ないのだ。これはギリシャにいた時からの傾向で、島にはよく行ったし、遺跡も見た。国外に出るとなると行く先はイスタンブールやカイロであって、パリにもローマにもロンドンにも行かなかった。自然と遺跡と途上国という組合せは今に至るまでずっと変わっていない。それは写真のスタイルであると同時に旅のスタイルであり、つまりはぼくの関心の形ということができる。

アフリカで身に付けたのはレンズの選択である。自分と外界の距離の取りかたと言ってもいい。人を撮るのが苦手であることはその前から知っていた。人にカメラが向けられない。その度胸がない。それは人に対して、その表情や服装、そこに見え隠れする性格などに対する関心が相対的に薄いということでもある。

だから55ミリの標準レンズを使うことが少ない。あれは基本的に人に対面して肖像を撮るためのレンズだ。そこからどちらかに逃げて、広角で風景の全容を収めるか、あるいは望遠で遠くからこっそり何かを撮るか。

(ぼくが手提げにレンズを何本も入れて船の上を右往左往しながら撮っているのを見て、デヴィッドは「きみは黒人の坊やを一人やとってそれを運ばせるといいよ。ハンターが何丁もの銃を持ったgun bearerを従えているみたいに」とからかった。まるでヘミングウェイの短篇ではないか。)

ぼくは被写体として選んだ人の視線や、その場に居合わせた人々の視線を無視できない。アフリカの場合、この感覚は鋭敏になる。カメラという道具を持ってそこにいるだけであなたは侵入者だ。カメラはさまざまな意味合いで銃に似ている。殺さないけれども奪う。初期に人々が写真を撮られると魂を抜かれると怯えたのも理由がないではない。撮られることにはたしかに何かを奪われる感じがある。撮られた自分、イメージとなった自分の分身はその先どういう扱いを受けるのか、そこのところの不透明性が不安をかき立てる。だから被写体は警戒するし、撮る側は後ろめたく感じる。先に撮影は狩猟に似ていると書いたが、写真を撮る者はいつだって密猟者である。被写体の側に言わせれば本当は撮る資格など誰にもない。人だけでなく風景でさえそう言うはずだ。この場で見て帰れと言うはずだ。あるいは見るなと言われるか。

アフリカでは、危険で高価な道具を持って遠いところからそこまで来たというだけであなたは警戒される。

コスティからジュバに向かう船の上で、こういうことがあった。あるヨーロッパ人の青年が同じ船に乗り合わせたアフリカ人の少女の写真を撮った。彼の方は特に何を狙ったのでもない普通のスナップのつもりだった。しかしそれで同じ船のアフリカ人の青年たちが怒った。撮影という行為に含まれる性的な攻撃性を彼らは知っていた。撮ることは窃視である。被写体が撮られたことに気づくように撮ることは性的な誘惑であり挑発である。この青年には異性のパートナーがいたし、彼としてはアフリカ人の少女を誘惑するつもりはなかった。しかし撮影という行為そのものにそういう意味が含まれている。

甲板でちょっとした騒ぎになり、撮影した側は最後には謝罪の言葉を口にしてフィルムを抜いて手渡した。なにしろ二週間も続く船の旅には逃げ場がない。しかもタイタニック号のような大きな船ではなく、小さな汽船一隻に艀五隻を縛り付けた船団だから、緊張関係を保ったままでいるのはよろしくない。

それでも撮るべきだと思ったものは撮る、という姿勢を貫いて、その場その時に抗議を突っぱねたり、懐柔したり、友情をかもしたり、密かに撮ったりして、そこでしか得られないものを国に持ち帰るのがプロフェッショナルな写真家であるのだろう。

最近ぼくは報道写真を見ることが多いけれど、現場を覆うさまざまな悪条件を越えてよく撮ったと感心するものが多い。悪条件の中には、行きがたい現場、天候や地形、戦闘行為、などに混じって被写体の感情ということがある。悲惨な状態を撮られる屈辱感というものがある。それを越えなければ撮れないものがある。撮ることに重い倫理観が求められる現場もある。撮ったことを後に悔いる場合もある。

これは後日の話だが、ぼくの旅の後、スーダン南部は政治的混乱に見舞われた。ぼくが行った一九七八年でさえ、船を下りたとたんに相当に手荒な身体検査をされたものだ。スーダンはもともと一国にまとめるには無理がある国で、モスレムが多い北とブラック・アフリカに属する南では文化が違いすぎ、北の支配に対して南は反発していた。だからぼくのような外国人が南に行くには国内旅券のような特別の許可証が要った。

ぼくの旅の十五年後、ケヴィン・カーターという南アフリカ共和国の写真家がスーダン南部に行った。部族の蜂起と聞いてそれを取材するつもりだったのだが、訪れた土地の人々は飢えていた。取材対象を変えて、もっぱらその人々を撮ってまわった。

痩せた幼い女の子が給食センターの方に向かって歩く途中で、疲れて坐り込んだ。それ以上歩く体力がない。その背後にハゲタカが一羽舞い降りた。ケヴィンは両者を視野に入れた写真を撮ってからハゲタカを追った。ハゲタカが翼を広げないかと二十分待ったけれど、ハゲタカは動かなかった。肉食動物は忍耐強い。いつまででも待つ。だから、撮ってから追い払った。

その後で彼女を助けて給食センターまで連れていくべきかと思ったが、こういう場合、病気がうつるおそれがあるので饑餓の犠牲者には触ってはいけないとジャーナリストは警告されている。彼は子供に触れずにその場を去った。その子のその後の運命はわからない。子供とハゲタカの写真は「ニューヨーク・タイムズ」に掲載され、翌年のピュリッツァー賞を取った。その一方でケヴィン・カーターは強烈な批判にさらされた。ハゲタカと同罪と言われた。名声を求めて写真を撮るのではなくその子を助けるべきだったというのだ。

彼は受賞の二か月後に自殺した。

今ぼくは彼を非難した人々を非難したい気持ちでいる。彼が撮らなければその地域の飢饉のことは外部に知られなかった。それがフォト・ジャーナリズムの使命だ。そのたった一人の少女を助けてどうするのだ？　それはその場かぎりの偽善ではないか。見えるものに対してはセンチメンタルになるけれど、その背後にある見えないものを思う想像力は大衆にはない。ある種の批判者はその大衆の思いに乗る。

彼らは、無力な自分たちの代表としてその場で少女とハゲタカという構図に対峙したケヴィン・カーターに苛立っている。見当違いな方に怒りと感傷を向けている。ビアフラに対して、スーダンに対して、コソボと、ルワンダと、パレスティナと、イラクと、たった今（二〇〇六年夏）ならばレバノンに対して、きみは何ができるのか？　サルガドやレザの写真を見ながらぼくはそう考える。

ぼくが人を撮れないというのは、（時間的には話が前後しているけれども）結局のところケヴィン・カーターのような写真は絶対に撮れないという自覚だ。臆病すぎる密猟者。それをぼくはとても早い段階で覚った。だからアフリカでぼくが撮った被写体に人は多くないし、標準レンズで撮ったものは少ない。

自分が世界と対峙する。これが生きることの、というのがあまりに大袈裟ならば旅することの、基本の構図であるはずなのに、カメラを持つと自分は消える。自分はいずれその写真を見る人々と目前の世界をこっそりつなぐ媒介項ないしエージェントになってしまう。あなたはものを見たがる好奇心の強い無責任な人々から派遣されてその場にいるにすぎない。その場で自主的に行動する自由はない。その無責任な人々に裏切られたのがケヴィン・カーターの悲劇だった。

アフリカの撮影はまあなんとか使えるカットが数点あるという程度の結果になった。これが実力。旅と撮影にのめり込むということにはならなかった。

その後しばらく、ぼくはあまり熱心に写真を撮らなかったが、写真というメディアに対する関心はずっとあった。写真を通して世界を見るという姿勢への関心と言ってもいい。アンセル・アダムズの写真集をよく見ていた。普後均の『飛ぶフライパン』という極端に抽象的な、技巧のかぎりを尽くした、おそろしく美しいシリーズに夢中になったのもそのころだ。それを機に普後と親しくなり、二人を引き合わせてくれたデザイナーの戸田ツトムとも親しくなり、それ以降どちらともよく仕事を一緒にして今に至っている。

八年後、ぼくは小説を書き始めた。新しい地域誌を目指して創刊された「東京人」にこの都会を舞台とする連作の短篇を載せることになった時、モノクロームの写真を挿絵として使うことにして、埋め立て地や夜の下町などを歩き回って撮影した。土地との関わりの強い話だったし、土地を見るのにカメラは役に立った。雑誌のデザイナーが代わった時に反対されて、たしか五回目以降は写真なしになってしまったのだが。

『スティル・ライフ』を書いた時、主人公にスライド・ショーで山や川や天体の写真を見させたことの裏にはこういう写真への関心があった。あの話の中で佐々井という主人公は一連の写真をプロジェクターで投影して見ている。自分で撮ることは少なく、本などから複写したものが多い。一点ずつの完成度など問わず、ある程度まで偶発的に集められたコレクションぜんたいに意味を持たせる。

科学写真を主題にした「フィアト・ルクス」というエッセーをある雑誌に連載したのも同じような理由による。測地用の航空写真、ランドサットの衛星写真、X線、マイブリッジなどが試みた連続写真（後の映画の前身）、鉱物の偏光写真、走査電子顕微鏡、などの実例に文章を添えるこの仕事をぼくは楽しんでいたが、中断の後なんとなく本にしそびれているうちに資料も散逸してしまった。Fiat Lux は『創世記』のはじめで神が言う「光あれ」という言葉のラテン語である。本にする時のために「光の指で触れよ」というタイトルを用意しておいたのだが、使わぬままに終わりそうだったので、去年、新聞小説の題に流用した。どこかで未練には思っていたのだ。

長い歴史のある旅行雑誌「旅」から連載をしないかと問われた時、日本国内で自然だけをテーマにという条件で受けることにした。今時の雑誌だからどうしてもエッセーに写真は必要。ところがカメラマンが同行する予算はないとのこと。では自分で撮るかと思ったのがひさしぶりに本気でカメラを手にするきっかけだった。五島列島のミニ火山群、鍾乳洞の闇、豪雪、崩壊する山と砂防工事、乗鞍の宇宙線観測、ブナと杉、高層湿原、極端な離島としての南鳥島、などなどを隔月で訪れ、風景を見て、人々の話を聞いて、写真を撮る。最も遠いところがサハリンだった。まだソ連の時代だ。

エッセーに添う写真だから、説明的な内容になる。ねらったものがわかるように写っていなければならない。しかもモノクロームだから色に頼ることはできない。きちんとした職人的な撮りかたを強いられたわけだが、特に腕が上がったとは思えなかった。おもしろ半分に赤外線フィルムを使ってみたこともあった。機材はニコンのNew FM2でレンズ数本。

同じ時期に女性誌「Marie Claire」に「エデンを遠く離れて」という科学エッセーを連載した。その時に挿絵代わりに自分の写真を使った。必ずしも内容に添うものではなく、小さなカットのような扱い。それでもカメラを持って出歩くという癖は身に付いた。使ったカメラはもっぱら35ミリ・フィルムのミノックスだった。

その数年の後にハワイイが来る。新しく創刊される雑誌「シンラ」で何か連載をしませんかと声を掛けられて、ハワイに行こうと思い立った。二十代の末にミクロネシアに行くところからぼくの旅は始まった。それから十数年の間、グアムから東に向かう島伝いの便であの島々に何度となく通った。朝七時にグアムを離陸するボーイング727は、(当時のままの地名を用いるならば)トラック、ポナペ、クワジェリン、マジュロを経て、ジョンストン島で給油の上、夜の十一時にホノルルに着く。そうは聞いていても、マジュロから先には行ったことがなかった。この便の遠い終着の地であるハワイは大きすぎて当時のぼくのスタイルに合わなかった。

一九九五年、今ならば行けると思ってプランを作った。自分のハワイを特化するために本来の発音に戻ってハワイイと呼ぶことにした。その時点ではハワイについて実際には何も知らなかったけれど、島から島を巡れば得るものはあるだろう。

これもまた雑誌であり、写真なしでは記事は成立しない。誰が撮るか？　取材には予算というものがある。一度の取材で二回分を書くとして、一年の連載ならば六回は行くことになる。カメラマンと二人で六回行く予算があるならばぼくが一人で十二回行きたい。写真は自分で撮る。

始めてみると一人二役は大変だった。ぶらぶら紀行で済むと思っていたのに、それで済んだのはオアフ以外の島をすべて回った一回目だけのことで、二回目からはテーマを決めて、取材を徹底し、緻密に記事を構成するという方針に変えた。火山の話ならば火山の写真をきちんと撮らなければならない。撮影に対する姿勢も違ってくる。

ある意味でこれは正しい選択だった。旅先のスナップで撮った写真を記事で使えるほどの伎倆はぼくにはない。写真に関して自分は二級の職人である、それも機材の進歩に助けられてようやく撮っているだけ。そういう自覚の上に、記事の内容に添ったものを撮る。

二回目から機材を改めた。レンズ交換のできないコニカのHEXARをキャノンの一眼レフEOSに換え、一通りのレンズを用意する。人も撮らなければならないし、動く被写体もあるし、極端な接写も要求される。ヘリコプターからの空撮もした。メリーモナーク・フラ・コンテストのように、暗いところで、遠距離で、動きの速い相手と悪条件を重ねながら、百枚撮って一枚でも使えればと思ったこともある。現像を終えたフィルムを見て狙ったとおりに写っていないことに落胆することばかり。

目的の場所を歩いたり、ものを見たり、そこで出会った人々の話を聞いたり、文献を読んだりする。これは文章によるルポルタージュを書く者として当然のこと。その他に写真を撮る。本来ならば分業とすべき異質の作業を一人でやっている。どちらかに専念できれば……

そうではないのだ、とも思った。これでいいのだ。先に書いたとおり、写真は機材の発達でずいぶん楽になった。撮影はさほどの負担ではない。そして、現場では撮影をしなければならないと思うから視覚的に貪欲になる。まずもってよく見るようになる。そのための視点を確保するために動く。ぜんたいとしては積極的になった。

こういう場合によく言われるのは、後で写真を見ればいいやと思って、その場では撮るだけになってしまい、旅の現場性を逸するということの失点だが、ぼくはそういうことはなかったように思う。視覚だけに頼って他の感覚を失うわけでもない。キラウエアの広大な火口に降り立った時のあの不思議な感覚、静けさと、空気の冷ややかさ、風の音、時間が停止してしまって人間的なものがすべて消失したような印象は今でもよく覚えている。

『ハワイイ紀行』の場合はどこまで行っても取材であり、それに関わる撮影だった。完成した雑誌の中で文章と写真は密接に呼応しあっていた。

その数年後にネパールの奥地で撮った写真では、やはり自分が書いた文章に添う写真だったとしても、両者の関係は少し違った。文章の方が日刊紙に連載の小説だったのだ。

これには同じネパールでの前段階がある。『ハワイイ紀行』の取材を始めたころ、別の仕事でネパールに行った。大人のためのおとぎ話を書くという企画で、舞台はネパールの山奥の少数民族の村。誌面に載るのは写真ではなくて画家が描いた絵である。しかし画家は旅には同行しない。彼女が素材とする光景を用意するために、取材の旅をしながら写真を撮る。

カトマンドゥーから車で西へ数時間走った後、山道を歩くこと一泊二日。目的地はそういうところにあった。平地がほとんどないような山の中。そこでのんびりと暮らしながら、そこにいるべき画家の目になりかわって写真を撮る。作品にする必要はない。ちょっと関心を引いたものをそのまま撮っていけばいいわけで、気楽なことだ。その結果は画家・渡　良重の手を経ていい絵になり、最後には『世界一しあわせなタバコの木』という絵本になった。

ネパールはそういう体験をした土地だった。だからその三年ほど後にこの国のもっと別の地域を舞台にした小説を書くことになった時、写真というメディアのことを考えたのは当然だったと思う。『すばらしい新世界』というタイトルのこの小説は、新聞連載だから毎回挿絵が入る。しかし舞台が日本から遠くてなかなか行けないような場所で、作者自身そこに取材に行くのは一回かぎり。しかもその時点では作品の構想はほとんど何もない。

仮に画家を選んだとして、この旅に同行してもらったところで何を持って戻るのか。三百点を超える絵を描く準備がそこでできるかどうか。では前のネパールと同じことをするとして、作家であるぼくがタバコの木の時のように写真を用意してはどうかと考えて、その先で、では写真をそのまま挿絵に使ってしまえばいいのだと思いついた。

このアイディアのもとには、その土地の風景は写真として使えるだけの魅力があるはずだという予想があった。目的地はムスタンと呼ばれる。ヒマラヤのはずれで、標高がおおよそ三千メートル以上という高地。ネパール国内にあってある程度の独立性を保つ旧王国。文化的には国境を接するチベット側に属している。それに自動車が走れる道が一メートルもない。徒歩で行くか、馬に乗るか。

小説家として、異郷に行った話ばかりを主人公にしてきた。見知らぬ風土に出会うという体験を何度となく書いてきた。そして、見知らぬ風土との出会いでは見ることは最も大事だ。自分の目で見ることにカメラを介在させる。ある光景に出会った驚きを保存する。

そういうつもりで準備をして旅立った。首からカメラを下げ、腰に装着するタイプの機材バッグにレンズや予備のフィルムを入れる。その姿で馬に乗る。馬上の視点から撮影し、レンズ交換もフィルム交換も馬の上でする。

撮るべき光景はいくらでもあった。谷底まで数百メートルという断崖の中腹に刻まれた細い危うい道を、落ちた時のことは考えないようにして馬まかせで行く。この怖さは写真になるかなと思いながら、広角のレンズでこの谷の空漠たる感じを捕らえようと思いながら撮る。紫外線に満ちた蒼穹はともかく、冷たい乾いた風までは撮れないと思う。馬上のレンズ交換に熟達した。

これは一種の観光小説だ。主人公は旅をする。その途中での見聞をもとにいろいろなことを考える。それを文章で記述する一方、彼が見たものを写真でも読者に提供する。

では、これは写真なしでは成立しない小説なのか？

小説と写真の組合せの極端な例として、ラテンアメリカには写真小説（*fotonovela*）というものがある。写真による劇画だと思えばいい。小説の各場面を役者が演じ、台詞はフキダシで入れる。

恋人どうしが抱き合っている写真があって、それぞれの口から「愛している」、「あたしもよ」という言葉が漏れている。齣のレイアウトなど劇画とそっくり。劇画大国日本から見れば、絵を描く手間をさぼって写真で代用しているとしか思えない。

ぼくの場合はそうではない。挿絵とまったく同じ扱い。ストーリーに対する舞台装置ないし背景の役割であって、本質的なものではない。だから新聞小説が本の形で出版される時、挿絵の大半は捨てられる。

しかしそれは後のことだ。新聞に小説を書く時は毎日々々のその紙面が大事なのだ。そこで一回ごとの勝負をする。その日に数分の時間を費やしてその回を読んでくれる読者のために書く。それまでのストーリーの記憶もあるだろうし、先の展開への期待もあるだろうが、しかし一日分の読む体験をきちんと供給しなければならない。写真はその一助だ。そのスペースが提供されているのだから、そこを有効に使う。

新聞の紙面で、連載小説の挿絵は決して大きくない。およそ8センチ×6センチ。粗いモノクロ。取材は一九九八年だったからカメラはまだデジタルではなくて銀塩のフィルム。日本に戻って現像して紙焼きを作った（新聞社から提供されたフィルムはネガだった。紙焼きをガイドにしないと写真の選別もできない）。

その先の作業はほとんどコンピュータの中で行った。まず小説の方を執筆する。数千点の写真の中からその回にふさわしいものを選んでスキャナーに掛けてデジタルなデータにし、Photoshopというアプリケーションでモノクロームに変換して、サイズを合わせ、トーンを整え、短いキャプションのような文を画面の下の方に焼き込んだ。そういうことを素人が暗室なしで速やかにできるようになった。

とても新聞的なことをしていると思った。執筆から紙面に出るまでの時間は極端に詰められる。一方で主人公の運命を追いながら他方では時事的な話題を盛り込める。ストーリーがまたぐ時期を現実に合わせ、実際のその一年の話とする。写真と文章の組合せは新聞の基本形だから、レイアウトとして他の記事の間に溶け込むことができる。作者としては社会面に小説で張り合っているつもりだった。

（この点については、見つけにくいという愚痴を親しい読者から受けた。朝、届いた新聞を開いて連載小説を探す時に、絵が入っていれば一目でわかるのに写真だから他の部分と同じで紛れてしまうというのだ。これは気が付かないことだった。挿絵にはそういう機能もあるのか。）

日々、新聞小説を書いて写真を添えている時期に別の大仕事を始めた。『パレオマニア』と名付けたこの企画は、大英博物館を丁寧に見てまわり、展示の中から最も気に入った展示品を選んで、それが作られた土地を訪れるというものだ。それを地域を変えて十数回繰り返す。この時は写真は専門家と組むことにした。連載の前半は関原彰、後半は本橋成一と、二人の優れた写真家に一緒に旅をしてもらった。

それでぼくがカメラを持たないで済めばよかったのだが、執筆の補助としてやはり手放せない。だいたい最初に博物館でモノを選ぶに際して、まずは撮影から始める。博物館の中には撮影を禁止しているところも多いけれど、大英博物館は撮影は自由だ。

この時からぼくは小さなデジタルのカメラを使うようになった。メモ的な撮影にこれほど便利なものはない。ショーケースの中のモノを撮るとすぐにそれの説明の小さなプレートも撮っておく。こうすると後になってこれは何だろうということがない。昼間撮った写真はすべてその夜のうちにパソコンに移す。現像も紙焼きも整理もいらない。じっくり検討して翌日また同じものを見に行く。そうやって通って毎回の意中の一品を選んだ。宿は博物館のすぐ隣に取った。

旅先でも執筆のメモ用に写真を撮った。写真家が一緒ということは旅先で気楽に自分だけのために撮っていけばいいということだ。まかり間違っても写真家の肩越しに同じ光景を撮ったりはしない。ぼくにとって写真はいかなる意味でも作品ではない。ぼくが世界のその一角を見たことの証し。この『パレオマニア』の取材では十三の地域に行ったから、その足跡として各地の写真が残った。風景に出会って思索した結果が文章と写真で残る。

この大英博物館の仕事を本にして間もなく、再び『光の指で触れよ』という新聞の連載小説に写真を添えた。今度はムスタンのような一つの特定の地域ではなく、日本では岩手県と山梨県のある場所、アムステルダム、フランスの田舎、スコットランドの海岸の村、等々、いろいろなところが舞台になる。前の時もそうだったけれど、写真だけでなく絵など他のビジュアルな素材も用いる。文章に写真を合わせる時の呼吸がおもしろかった。ベタな説明ではない。背景であり、象徴であり、対象との距離の取りかたでは俳句か連歌のような効果を狙うこともあった。

この時はデジタル・カメラが進歩していたので実に楽だった。昔の一眼レフならば標準の55ミリの他に広角と望遠それぞれのレンズが要った。どれも多いほどよかった。暗い時にちょっと長い望遠を使うには三脚が必須だった。接写には専用のレンズか接写リングないしベローズが要った。大きなストロボも必要だった。それにフィルムが手元に一日分として数本、長い旅では百本単位で持っていかなければならない。総量としては最低でも数キロになる。一本で30ミリから300ミリの十倍ズームが登場してだいぶレンズは整理されたけれど、それでもまだ大変。

それとほぼ同じ機能が数百グラムのデジタル・カメラ一台に盛り込まれている。フィルムは要らず、レンズは十二倍ズームで、接写も可能。手ぶれ防止だから三脚もなければないで済む。

レンズそれぞれの表現力などとうるさいことを言わなければ、つまりその範囲で充分と達観すれば、これでいいのだ。だからこそぼくは文章のための取材をしながら写真も撮ることができた。

見ることは世界との出会いである。

自分は視覚的な作家だと思う。ストーリーを考える時にまず場面から入る。登場人物の性格や、一つのエピソード、主題や思想から話を組み立てる作家も多いけれど、ぼくはまず舞台となる場を考える。空っぽの風景があって、そこに人が登場して話が始まる。

だから、自分の記憶にたくさん風景や光景のストックがあるのは大事なことだ。それでも、例えば短篇を書く前に自分が撮った写真を見るということはしない。小説と写真の関係はそれほどベタではない。それでは文章が画像に縛られることになる。そうではなく、撮ったことによって記憶された光景がどこかでふっと出てくるという感じなのだ。あるいは、光景を求めてある場所に赴くという姿勢の中に、小説を書く契機が隠れている。

去年の秋、岐阜県神岡の宇宙線観測施設「スーパーカミオカンデ」から、見学に来ませんかと誘われた。これは地下にある巨大な水槽で、普段は真っ暗で水で満たされているから何も見ることができない。しかし年明けに改修のために水を抜くので、その時ならば中に入れるという話。

こんなありがたい機会はないと思って飛びついた。スーパーカミオカンデはニュートリノという素粒子が水の分子にぶつかって放つチェレンコフ光を観測する。壁面に巨大な光電管がずらっと並んでいる。ぼくは『スティル・ライフ』の中で、主人公がバーでコップの水を凝視する場面を書いた。彼は絶対に見えるはずのないチェレンコフ光を見ようとしていたのだ。

この場面と、ぼくがハワイの「すばる」天文台を見学してレポートを書いたこと（『ハワイ紀行　完全版』所載）などから、声を掛けてくれたらしい。

この場合、いちばん簡単なのは「すばる」の時のようにレポートを書くことだ。しかしぼくは別のことを考えた。めったに見られない光景が見られる。ではそれを元に小説を書こう。写真とセットになった、写真家とのコラボレーションとしての小説。ぼくは普後均に声を掛けて一緒に神岡に行った。誌面のための作品としての写真は彼に撮ってもらい、ぼくは自分の執筆のためにメモ写真を撮った。

そして自分が撮った写真を横目で見ながら、『星に降る雪』という長めの短篇を書いた。誌面には普後の写真と並んで載る。同じような主題のSF短篇連作『やがてヒトに与えられた時が満ちて……』を以前に普後と一緒に刊行していたので、今回もそれと同じ効果を狙ったのだが、小説と写真を併置して提示する試みとしてうまくいったと思っている。

写真は見ることの延長上にある。

ぼくの場合、視覚は五感の中でも特権的だった。だから見たものと書いた作品の間に密接な関係が生じることが多かった。これまでに撮ったものを振り返ってみて改めてそう思った。

古来、文学は他の芸術や技術から栄養を得てきた。演劇や詩の要素をまったく持たない小説はあり得ない。文章によるものであっても描写には絵画の原理が含まれている。二十世紀以降の文学はずいぶん多くを映画に負っている。

同じことが写真についても言える。その一例として自分の場合を考えてみた。聴覚や嗅覚に比べると、見ることは分析的で論理的だから、それにばかり依るとどうしても文学は理屈っぽくなる。その偏りを是正しようとして、見ることに幻視することを加える。そうやって魂が地上を離れることを促す。そのためか、ぼくの主人公はよく見えないものを見る。

写真もまた幻視の手段だ。写真を見る時、人は一枚の紙の上に幻を見ている。時を超え、空間を飛んで、目の前にない光景を見ている。『星に降る雪』の主人公は夜空に見えないものを見て、やがて見えるはずのものを待つ姿勢で生きることを決める。『スティル・ライフ』の主人公も見えないはずのチェレンコフ光をコップの中に見ようとしている。

これまで長く写真を撮ってきたことがあのような場面を書かせたと思う。それが密猟者の獲物ということだろうか。

あとがき

風神と雷神、それぞれの名を借りてエッセー集のタイトルとしたのはいいが、そこではたと疑問が生じた。この二柱の神はどちらが神として格が上なのか。わからぬままに風神の方を先に世に出した。行く先々、思うままに吹き荒れよ。衆生をして畏怖せしめよ。

そうすると、まだ手元に残っている雷神の方がいとおしくなった。そこで思い出した詩がある

――

雷神の歌

ときどきおれは
じぶんのことが
あわれになる

たとえば
風にさらわれて
空を
横っとびに
すっ飛んで
いくときなど

これは金関寿夫が訳したアメリカ・インディアンの詩である。金関さんはぼくにとっては年長の得難い友人だった。こんな詩、なかなか書けるものではないし、訳だってこんなにうまくは他の誰にもできない。

しかし、これで見ると雷神は風に飛ばされている。どうも風神の方が力があるらしい。それに、ぼくはどんな神でもないけれど、時々自分のことが哀れになるところだけはこの詩と同じだ。そういう共感を誘うところがこの詩の魅力だろう。

かつて書いたことについて弁明や撤回はしないが、『星の王子さま』については言い訳がいるかもしれない。翻訳を勧められて断ったのは事実だが、その後で気が変わって結局はやってしまった。おもしろい仕事だったし、ぼくの中のサンテックス像も少し変化した。一言でいえば文体を通じて彼の詩人としての一面がわかったということか。

では、雷神も世に放つとしよう。いざ、雷鳴と電光をもって衆生を恐懼せしめよ（といきなり強気になったりして）。

二〇〇八年九月　フォンテーヌブロー

池澤夏樹

著者略歴

(いけざわ・なつき)

1945 年北海道帯広市に生れる．埼玉大学理工学部中退．75 年から 3 年間ギリシャに暮らし，以後沖縄に居を移し，現在はフランスに住む．1987 年「スティル・ライフ」で中央公論新人賞と芥川賞，『マシアス・ギリの失脚』で谷崎潤一郎賞，ほかにも受賞作多数．近著に『静かな大地』『光の指で触れよ』『星に降る雪／修道院』がある．他に，『池澤夏樹詩集成』『ブッキッシュな世界像』『読書癖 1-4』『母なる自然のおっぱい』（読売文学賞）『ハワイイ紀行』『世界文学を読みほどく』『星の王子さま』（翻訳）『イラクの小さな橋を渡って』など．現在，個人編集で『世界文学全集』を刊行中．

池澤夏樹
雷　神　帖
エッセー集成 2

2008年10月30日　印刷
2008年11月10日　発行

発行所 株式会社 みすず書房
〒113-0033 東京都文京区本郷5丁目 32-21
電話 03-3814-0131(営業) 03-3815-9181(編集)
http://www.msz.co.jp

本文印刷所 理想社
扉・表紙・カバー印刷所 栗田印刷
製本所 誠製本

Printed in Japan
ISBN 978-4-622-07372-7
[らいじんちょう]
落丁・乱丁本はお取替えいたします